La collection « Ado »
est dirigée par Michel Lavoie

D1498789

Cap-aux-Esprits

L'auteur

Historien et muséologue de formation, Hervé Gagnon dirige sa propre entreprise de gestion et de mise en valeur du patrimoine. Il a écrit son premier roman pour la jeunesse en 2000, à la demande de son fils qui trouvait ennuyante la monographie qu'il écrivait à l'époque!

Bibliographie

Complot au musée, Montréal, Hurtubise HMH, 2006.

Spécimens, Montréal, Hurtubise HMH, 2006.

Fils de sorcière, Montréal, Hurtubise HMH, 2004.

Au royaume de Tinarath, Montréal, Hurtubise HMH, 2003.

2 heures du matin, rue de la Commune (en collaboration avec Thomas Kirkman-Gagnon), Sherbrooke, GGC éditions, 2002.

Le Mystère du manoir de Glandicourt (en collaboration avec Thomas Kirkman-Gagnon), Sherbrooke, GGC éditions, 2001.

Le Fantôme de Coteau-Boisé, Sherbrooke, GGC éditions, 2000.

Gibus, maître du temps, Sherbrooke, GGC éditions, 2000.

L'Étrange monsieur Fernand (en collaboration avec Thomas Kirkman-Gagnon), Sherbrooke, GGC éditions, 2000.

rts d'Ouest

ado

Hervé Gagnon

Cap-aux-Esprits

Catalogage avant publication de Bibliothèque et Archives nationales du Québec et Bibliothèque et Archives Canada

Gagnon, Hervé, 1963-
  Cap-aux-Esprits

  (Ado ; 74)
  Pour les jeunes de 12 ans et plus

  ISBN 978-2-89537-130-4

  I. Titre. II. Collection: Roman ado ; 74.

PS8563.A327C36 2007   jC843'.6   C2007-941112-6
PS9563.A327C36 2007

Nous remercions le Conseil des Arts du Canada de l'aide accordée à
notre programme de publication. Nous reconnaissons l'aide finan-
cière du gouvernement du Canada par l'entremise du Fonds du
livre du Canada pour nos activités d'édition. Nous remercions
également la Société de développement des entreprises culturelles, la
Ville de Gatineau ainsi que le CLD Gatineau de leur appui.

  | Canadä

Dépôt légal - Bibliothèque et Archives nationales du Québec, 2007
        Bibliothèque et Archives Canada, 2007

Réimpressions : 2009, 2010, 2011, 2012, 2013, 2014, 2015, 2016.

Révision : Raymond Savard
Correction d'épreuves : Renée Labat

Éditions Vents d'Ouest
109, rue Wright, bureau 202
Gatineau (Québec) J8X 2G7
Courriel :   info@ventsdouest.ca
Site Internet :   www.ventsdouest.ca

Diffusion Canada : PROLOGUE INC.
Téléphone :   (450) 434-0306
Télécopieur :   (450) 434-2627

Diffusion en France : Distribution du Nouveau Monde (DNM)
Téléphone :   01 43 54 49 02
Télécopieur :   01 43 54 39 15

Prologue

AVANT LE TEMPS, avant l'espace, avant les dimensions, il y avait *Elle*. *Elle* était unique, sans commencement ni fin, sans origine ni destinée, une conscience infinie dérivant dans un vide absolu. Seule.

Puis, tout avait changé. Une autre conscience, infiniment plus vaste qu'*Elle*, s'était manifestée, omnipotente, dont la seule volonté avait suffi à ordonner le néant. Et tout avait changé. Du vide était sortie la matière. De l'éternité était né le temps. Des ténèbres avait jailli la lumière. Autour d'*Elle*, l'univers s'était consolidé. Il avait pris une forme, une masse, des dimensions. Une infinité de forces et de mouvements contraires équilibrés. *Elle* s'était retrouvée prisonnière d'un univers qui lui était étranger, dans lequel la vie s'était mise à grouiller. *Elle* était restée seule, oubliée dans le nouvel ordre des choses.

De sa prison, *Elle* pouvait sentir la vie à la surface, son énergie, sa vitalité. *Elle* en goûtait parfois les restes mêlés à la terre. Au fil du temps, la vie était devenue pour *Elle* une insulte, un miroir qui reflétait sa solitude et qui lui rappelait qu'elle n'avait pas de place dans le nouvel ordre des choses. Avec le rejet était venue la tristesse, puis la colère. À force d'efforts et de détermination, *Elle* avait réussi à trouver un chemin vers la surface et à étendre une partie de ce qu'elle était hors de la matière qui l'emprisonnait. Là, *Elle* avait découvert que la vie était infiniment plus riche que ce qu'elle en avait perçu jusque-là. Au cœur d'innombrables formes de vie, une en particulier l'avait intriguée. Celle qui était consciente d'exister. Et *Elle* avait touché l'essence de cette conscience. *Elle* y avait découvert des émotions qu'elle avait goûtées, savourées. *Elle* avait surtout aimé la peur. Après une éternité d'indifférence, *Elle* avait compris sa nature profonde. *Elle* était un prédateur.

À force de se nourrir, *Elle* était devenue plus complexe, plus raffinée. Consommer la peur en un éclair intense ne la satisfaisait plus. Elle avait appris à la préparer, à l'amener jusqu'à ce point de rupture où elle était la plus pure. *Elle* avait développé la patience d'un gourmet pour qui apprêter le repas est aussi satisfaisant que le manger.

Elle avait à nouveau faim. Mais *Elle* était patiente. En attendant de pouvoir chasser à nouveau, *Elle* somnolait.

La fille filait à toute vitesse. Elle adorait la liberté que lui procurait le *skate* tard le soir, lorsque les trottoirs étaient déserts. Pas de piétons qui lui lançaient des injures parce qu'elle les avait un tout petit peu effleurés. Pas de circulation dangereuse. Elle pouvait descendre dans la rue pour y faire des figures sans s'inquiéter. Et elle avait la paix de tous ceux qui la regardaient de travers, de tous ceux qui la rejetaient, qui l'ignoraient ou qui la ridiculisaient. Le soir était fait pour elle.

Elle s'engagea dans la rue Thibault en se poussant énergiquement du pied gauche. Le vent dans ses cheveux était la seule chose qui la faisait encore sourire. Tout le reste était tellement *vedge*.

Quelque chose attira son attention et elle s'arrêta. Pendant une seconde, toutes les fenêtres d'une maison s'étaient éclairées en même temps. Elle en était certaine. Mais maintenant, elle était à nouveau sombre. Pourtant, cette maison était abandonnée. La vieille qui y habitait était morte voilà un an et personne n'avait encore acheté la propriété. Des cambrioleurs ? Elle était vide. Un incendie ? Fallait-il appeler les pompiers ?

À nouveau, une lumière brillante scintilla rapidement dans toute la maison. L'espace d'un instant, on aurait dit qu'elle était animée. Dans la lucarne, une silhouette sembla se dessiner contre la lumière. Intriguée, la fille décida d'aller voir de plus près. Son *skate* sous le bras, elle s'engagea dans la rue.

Tout se passa ensuite très vite. Les phares d'un poids lourd, le bruit d'un klaxon. Une peur indescriptible. Puis, plus rien.

Horrifié, le chauffeur du camion arrêta son véhicule et se précipita vers la victime inconsciente. Derrière lui, toutes les fenêtres de la maison s'éclairèrent avant de laisser la nuit reprendre sa place. De la lucarne, une ombre observait la scène.

✿

Montréal, jeudi, 30 juin 2005

Salut Ordi,
        C'est officiel : je déménage demain. Dans une vieille baraque perdue au fond de nulle part. Toutes les boîtes sont faites et le camion est réservé. On devrait être là dans l'après-midi. Un petit village de rien, plus de chums, rien à faire. Ils n'ont probablement jamais entendu parler d'une piste de skate dans ce trou perdu. La chose la plus excitante, là-bas, c'est la foire agricole. Wow ! Des vaches, des cochons pis des concombres de compétition ! Mais j'ai promis à ma mère d'essayer. Après tout ce que je lui ai fait endurer, je suppose que je lui dois au moins ça. Mais man… C'est vedge à fond…

S.

Première partie

Nouveau départ

Chapitre premier

Une vieille dame distinguée

LES MAINS sur les hanches, debout près du camion de déménagement, Simon Gagné-Lapointe examinait sa nouvelle maison, une moue de dégoût sur le visage. Il la trouvait moche. Sinistre, même. Une vieille baraque toute déglinguée au milieu d'un grand terrain entouré d'une haie de cèdres... On aurait dit qu'elle sortait tout droit d'un vieux film d'horreur en noir et blanc. Les fenêtres, sombres et sales, lui faisaient l'effet d'yeux rivés sur lui qui le guettaient en attendant le moment de frapper. La grande porte avant lui rappelait la gueule d'un prédateur prête à le saisir. Non. Il n'aimait vraiment pas cet endroit.

Évidemment, comparée au condominium de Montréal, la demeure était immense, il fallait bien l'admettre, songea-t-il. Si on comptait le grenier, elle avait trois étages habitables. Ainsi, il allait au moins pouvoir vivre sans toujours partager son espace avec sa mère et sa sœur. Mais plus Simon observait la maison, plus le découragement le gagnait. Il allait passer l'été à travailler sur cette horreur. Pour les jeux vidéo, la guitare électrique et le *skate*, il faudrait

repasser. Ensuite, ce serait le retour à l'école…
Sa mère avait dit qu'il lui fallait un changement
de vie et il était d'accord avec elle mais, là,
quand même, il y avait des limites, se lamenta-
t-il mentalement.

Le rez-de-chaussée était encerclé par une
grande galerie dont les planches et les garde-
fous montraient des signes évidents de pourriture. La peinture bleue pelait sur les murs en
bardeaux de cèdre. La dernière couche devait
remonter à au moins trente ans ! Sur les trois
étages, il devait bien y avoir une cinquantaine
de fenêtres dont les dormants étaient à
repeindre. Juste à imaginer l'interminable
chantier auquel sa mère allait l'atteler, il avait
un frisson d'horreur. Devant, l'herbe était
longue. Elle ne semblait pas avoir été entre-
tenue depuis le printemps. Au bout de l'entrée,
la vieille grange convertie en garage n'était
guère en meilleur état.

Camille, sa petite sœur, était folle de joie,
elle. Du haut de ses cinq ans, elle sautillait sur
place. Ses cheveux bruns flottant sur ses épaules
et ses grands yeux verts écarquillés par l'émer-
veillement, elle souriait béatement.

— On dirait une maison de poupée ! s'écria-
t-elle, surexcitée, en tirant la jambe du pantalon
de son frère.

— T'es conne, Coquerelle…, grogna-t-il en
jetant sur elle un regard plein de mépris.

— Simon ! Sois gentil avec ta sœur ! intervint
sa mère. Attend de voir l'intérieur ! Ajouta-t-elle
à l'intention de Camille. C'est immense !

Simon ferma les yeux et inspira profondément pour conserver son calme. Dire qu'il quittait un magnifique condominium dans une tour prestigieuse de Montréal pour se retrouver dans ce minuscule village miteux et ennuyant. C'était *vedge* à fond...

– Moi je ne l'aime pas, ronchonna-t-il. Elle est dégueu...

Il n'avait quand même rien fait de grave. Il ne méritait pas ça. Mais tout le monde était contre lui. Dans sa tête, les voix de son passé récent se bousculaient – celles de sa mère, du juge, de la psychologue... *Ce sera bon pour toi, Simon... Tu dois reprendre ta vie en mains, Simon... Je t'impose des travaux communautaires pour cette fois, Simon, mais si je te revois devant ce Tribunal... Tu dois apprendre à exprimer tes émotions, Simon... Au fond, je sais que tu es une bonne personne, Simon... Moi, je crois en toi, Simon... Tu as juste besoin d'un peu d'encadrement, Simon... Et blablabla, et blablabla...*

Il inspira profondément pour se calmer. Après des heures de discussion, il avait accepté ce changement, se rappela-t-il à lui-même. Il était trop tard pour revenir en arrière. Il devait s'y faire. Vivre dans un petit village ne serait pas si mal... Peut-être qu'au fond, tout ce monde avait raison. Et puis, de toute façon, que pouvait-il y faire ?

– Et toi, mon grand, qu'est-ce que tu penses de la maison ? demanda joyeusement sa mère.

– Elle est poche, grommela-t-il. Un vrai trou, m'man… On va vraiment vivre là-dedans ? On dirait une maison hantée. Elle me fait un drôle d'effet…

– Non, répéta Camille. C'est une maison de poupée !

– Ne sois pas grognon, espèce de vieux pépère de quinze ans, dit sa mère en tapotant l'épaule de son fils. C'est une belle vieille dame distinguée. Elle attend juste que quelqu'un s'en occupe. Tu vas voir, avec un peu de travail, elle va être magnifique. Tu ne sens pas comme elle est contente de nous accueillir ?

– Ah ! *come on*…, soupira Simon. Elle va se mettre à danser tant qu'à y être.

– Allez, viens, reprit sa mère en ignorant sa mauvaise foi. Nous avons des tas de boîtes à rentrer. Va donner un coup de main aux déménageurs. Ça va nous économiser une heure ou deux de travail.

– Ah ! *man*…, dit Simon en levant les yeux au ciel.

Il soupira à nouveau et jeta un dernier regard dépité vers la « vieille dame ». Derrière lui, les déménageurs venaient d'ouvrir la porte du camion et s'apprêtaient à commencer à rentrer les meubles.

Simon allait les rejoindre lorsqu'il lui sembla apercevoir du coin de l'œil une silhouette dans la lucarne. Il observa un instant. Rien. Sans doute un reflet dans la vitre. Il se dirigea vers le camion et saisit la première boîte. La première de quelques centaines…

❊

Le soulagement qu'éprouvait Anne Lapointe était immense. Assise dans l'escalier avant, elle avait le sentiment d'avoir repris le contrôle de sa vie. Après deux années de difficultés et de malheurs, toute la famille pouvait enfin repartir à zéro dans cette magnifique maison. Même le nom du village était charmant. Cap-aux-Esprits… C'était tellement pittoresque.

Bien sûr, Simon n'était pas ravi de déménager. Mais c'était ce qu'il lui fallait, elle en avait la conviction. Elle regarda son fils se diriger vers la porte de côté, une grosse boîte dans les mains. Malgré tout ce qu'il lui avait fait endurer pendant deux ans, elle adorait cet enfant. Elle aurait fait n'importe quoi pour lui. Il s'en sortirait. Il était déjà en train de s'en sortir. Elle le sentait. Évidemment, son accoutrement ne lui plaisait pas particulièrement. *Gothique*, qu'il appelait ça… Ses longs cheveux noirs attachés en queue de cheval lui allaient jusqu'au milieu du dos ; le fond de son pantalon lui descendait pratiquement aux genoux ; ses vieilles espadrilles éculées ne le quittaient jamais et son t-shirt orné de l'incontournable tête de mort… Tout en noir. Et il était si pâle. Il fuyait le soleil comme la peste. Ça faisait partie du style, disait-il. Anne, elle, trouvait qu'il avait l'air malade. Un vrai vampire.

Elle se souvint, en frissonnant, de cette soirée où elle avait décidé de violer un de ses principes sacrés : le droit de ses enfants à leur vie privée.

Simon était devenu agressif et cachottier. Il ne mangeait pratiquement plus et maigrissait à vue d'œil. Rongée par l'inquiétude, elle avait fouillé sa chambre et y avait trouvé un petit sac rempli de marijuana et des pipes à hashish. Elle en avait eu le souffle coupé. Pendant un moment, le monde avait cessé de tourner. Il lui avait fallu un terrible effort pour garder son calme.

Lorsque Simon était rentré aux petites heures du matin, elle avait tenté d'en discuter avec lui mais il s'était fermé comme une huître en lui disant de se mêler de ses affaires. Par la suite, la situation n'avait été qu'une longue spirale vers le bas. Simon rentrait et sortait quand il le voulait, sans jamais dire où il allait ni avec qui. Lorsque le téléphone sonnait, il s'enfermait dans sa chambre et chuchotait. Il s'était mis à faire des graffitis un peu partout. Dans le sac de sport qui ne le quittait plus, il traînait constamment ses boîtes de peinture.

Anne avait atteint le fond du baril lorsqu'un soir la police avait appelé à la maison pour lui apprendre qu'il avait été arrêté pour avoir vendu de la drogue à l'école. À quatorze ans ! Humiliée, elle avait dû aller le chercher au poste de police. Il avait été traduit devant le Tribunal de la Jeunesse, où le juge l'avait sévèrement semoncé avant de lui imposer deux cents heures de travaux communautaires. Simon avait été expulsé de l'école et avait passé les trois derniers mois de l'année à la maison. Les collèges privés les plus coûteux n'accepteraient pas de l'accueillir. De peine et de misère, avec Anne qui lui poussait constamment dans le dos, il avait fini par compléter sa troisième année du secondaire à la maison. Mais les seules choses qui semblaient l'intéresser étaient son *skate*, sa guitare électrique, les jeux vidéo et son ordinateur.

Anne savait bien que Simon avait été très affecté par la mort de son père. Les deux étaient inséparables et soudainement, Simon s'était retrouvé seul. Il n'avait pratiquement rien dit mais il n'en avait pas moins le cœur brisé. Ses frasques n'étaient que sa façon à lui de se révolter contre la vie. Mais Anne désespérait de trouver une manière de l'aider à s'en sortir. Le psychologue qu'elle l'avait convaincu de consulter n'avait pas fait mieux. Mais il avait au moins réussi à le convaincre de tenir son journal pour exprimer ses émotions. Pour l'encourager, Anne lui avait même acheté un ordinateur portable. Presque tous les soirs, elle l'entendait taper pendant quelques minutes. Durant les semaines qui avaient précédé le déménagement, il avait beaucoup tapé…

Anne avait fini par en avoir assez et avait pris le taureau par les cornes. Elle avait vendu le condominium et, par l'intermédiaire d'un agent immobilier, elle avait trouvé cette maison ancienne dans un petit village éloigné. À force de patience et de compréhension, elle était parvenue à convaincre Simon qu'un changement d'air lui était nécessaire s'il voulait reprendre sa vie en mains. Loin de la mauvaise influence de ses amis, des pistes de *skate* fréquentées par des gens pas toujours recommandables et des tentations de la ville, et avec tout l'amour dont il avait tant besoin, Simon finirait bien par se remettre sur la bonne voie. Trois mois plus tôt, il lui avait promis qu'il ne toucherait plus à la drogue et, jusqu'à maintenant, il tenait parole. Anne n'avait aucun doute : il était une bonne personne et avait un cœur d'or. Il lui fallait juste une chance de prendre du recul pour découvrir d'autres intérêts et rencontrer d'autres gens.

C'était toute la famille qui avait besoin de repartir à neuf. Avec ces difficultés, Anne avait l'impression d'avoir négligé sa pauvre petite Camille. Heureusement, Puce avait été un vrai amour. Elle avait semblé comprendre que sa mère devait se consacrer à son grand frère. Mais la petite avait perdu son père, elle aussi. L'espace d'un instant, le cœur d'Anne se serra. Elle n'avait jamais vraiment eu le temps de faire son deuil. Jean-Pierre lui manquait tellement… Une crise cardiaque à quarante-deux ans… Quel gâchis.

Elle leva les yeux vers sa nouvelle maison. Cette charmante vieille dame serait leur planche de salut. Ils allaient en faire un foyer douillet où tout le monde finirait par former une famille heureuse et équilibrée.

— Maman ?

Elle se pencha vers le visage angélique de Camille, joliment encadré par d'épais cheveux bruns. Elle était terriblement mignonne avec ses taches de rousseur sur le nez. Dans la main droite, elle tenait précieusement un petit sac de plastique rempli d'eau dans lequel nageait Alphonse, son poisson rouge. À ses pieds, elle avait posé une cage dans laquelle Chocolat, le chat de la famille, était tapi dans un coin, l'air vexé. En bon siamois, Chocolat protestait bruyamment contre cet enfermement profondément indigne et exigeait d'être immédiatement libéré. Camille désigna de la tête la lucarne du grenier.

— Il y a une petite fille dans la fenêtre, en haut.

Anne leva les yeux sans rien apercevoir. Elle sourit, saisit la casquette de Camille et la lui rabattit sur le nez en riant.

— C'était certainement un déménageur qui est passé devant la fenêtre. Ils ont des boîtes à mettre dans le grenier.

Camille remonta impatiemment sa casquette en souriant.

— Non, c'était une petite fille. Je l'ai vue.

— La seule petite fille de cette maison, ce sera toi, Puce. Allez, viens. Nous avons des choses urgentes à faire. Il faut transférer ce pauvre Alphonse dans son aquarium au plus vite. Le voyage a certainement été long pour lui. Et Chocolat en a assez de sa cage. Ensuite, nous choisirons ta chambre.

Anne saisit la cage et se dirigea vers la maison avec sa fille. En s'éloignant, Camille jeta un regard inquiet vers la lucarne.

— Oui, je vais jouer à la poupée avec toi, murmura-t-elle en direction de la fenêtre, un joli sourire sur les lèvres.

Chapitre II

Chez nous

LE RESTE de la journée, Anne vit aux aspects les plus pressants de l'emménagement. Pendant que les déménageurs allaient et venaient sans cesse, elle s'assura que le réfrigérateur et le congélateur étaient branchés et y transféra les provisions avant qu'elles ne se perdent. Elle accueillit le plombier, qui venait raccorder le lave-vaisselle et la machine à laver, puis le technicien de la compagnie de câblodistribution qui devait brancher la télé. Elle veilla à ce que ses choses les plus fragiles soient manipulées avec soin par les déménageurs pas toujours attentifs. Puis elle coordonna la répartition des meubles et des boîtes dans les différentes pièces. La journée se déroula à un train d'enfer.

Anne avait surpris Simon tranquillement assis dans l'escalier, une cannette de boisson gazeuse à la main.

– Allez, debout ! Va aider les déménageurs. Ça ne te tuera pas.

– *Come on*… Tu me niaises, là…

– Pas du tout. Au travail !

Simon s'était levé en bougonnant et s'était traîné les pieds jusqu'au camion. Malgré ses incessantes jérémiades, il avait fini par abattre autant de travail qu'un homme. Il avait transporté des dizaines de boîtes sans choisir les plus légères. Anne était fière de son fils. Il avait si bien fait que les déménageurs l'avaient adopté et avaient passé l'après-midi à le taquiner. Simon avait presque ri !

Après le départ des déménageurs, toute la famille travailla quelques heures à défaire des boîtes essentielles dans les différentes pièces de la maison : les casseroles dans la cuisine, les jouets dans la chambre de Camille, les draps pour les lits, les articles de toilette pour le lendemain matin, les vêtements de tout le monde au bon endroit, la sacro-sainte guitare, la console de jeux vidéo et l'ordinateur de Simon dans sa chambre… Passé vingt heures, Anne confia une trentaine de dollars à Simon et l'envoya *Chez Georges*, le petit restaurant du village, pour acheter de la pizza. En le regardant s'éloigner dans la nuit tombante de juillet, le pas traînant, elle ne put s'empêcher de songer au fait que voilà quelques mois encore, à la sortie du Tribunal de la Jeunesse, elle n'aurait jamais osé lui confier cet argent. Elle aurait eu bien trop peur qu'il ne l'utilise pour se procurer de la drogue. Mais ici, dans ce petit village tranquille, tout semblait possible.

Autour d'une table de cuisine encerclée par une muraille de boîtes, toute la famille avait dévoré les deux grosses pizzas toutes garnies et dégoulinantes de sauce tomate. Simon avait bien tenté de faire enrager sa mère en laissant échapper un rot spectaculaire mais, contrairement à son habitude, elle s'était contentée de rigoler. Elle était heureuse et ne voulait pas se lancer dans une chicane pour si peu.

Le repas leur tomba dans l'estomac comme une tonne de briques. L'épuisement de la journée les rattrapa et, à vingt-et-une heures trente, tout le monde monta se coucher. Entourant ses deux enfants par les épaules, Anne traversa la salle à manger complètement encombrée, puis le petit salon qui donnait sur la rue. Ensemble, ils s'engagèrent dans l'escalier qui menait à l'étage. Ils avaient à peine gravi quelques marches qu'un lourd grincement les fit sursauter.

— Qu'est-ce que c'était ? demanda Anne pour elle-même. On dirait que ça venait de la cave.

— Peut-être que c'est la petite fille, ajouta Camille.

— T'es vraiment conne, Coquerelle..., déclara Simon d'un ton las.

— Simon ! s'insurgea Anne. Sois poli avec ta sœur ! Et cesse de l'appeler comme ça !

— C'est ça... Protège ta petite chérie.

Elle redescendit et se dirigea vers la porte de la cave, qui se trouvait dans la salle à manger. Sous la porte, il lui sembla apercevoir de la lumière.

— Bon. Les déménageurs ont oublié d'éteindre, soupira-t-elle. Seigneur... Il faut vraiment tout faire soi-même...

Elle ouvrit. Tout était complètement noir. Interloquée, elle haussa un sourcil, alluma la lumière, descendit et fit rapidement le tour de la pièce. Il n'y avait rien de spécial, sauf peut-être une vague odeur de moisissure. Elle remonta, saisit Camille par la taille, la posa sur sa hanche et se mit à monter l'escalier.

– Allez, petit monstre ! dit-elle en riant. Il est très tard pour une petite fille de cinq ans ! On va se coucher !

– J'ai presque six ans ! répliqua Camille en riant à gorge déployée.

✿

Comme tous les prédateurs, *Elle* n'aimait ni ne détestait ses proies. *Elle* en avait simplement besoin. *Elle* prenait plaisir à s'insinuer dans leur esprit, à explorer leur inconscient pour y saisir ce qui s'y trouvait de plus secret. Même lorsqu'*Elle* était très affamée, elle les préparait méthodiquement, les poussait patiemment dans la peur jusqu'à ce qu'elles basculent dans le désespoir.

Elle s'était subitement éveillée de sa somnolence. Un désespoir tout chaud, tout récent, avait alerté ses sens. Les prochaines proies étaient arrivées… L'une d'elles s'était même déjà approchée. *Elle* avait senti des peines profondes, des peurs immatures, des regrets amers. *Elle* était fébrile. *Elle* allait enfin pouvoir goûter à nouveau à la peur, si intense, si pure. *Elle* avait toujours réussi à la susciter, à l'entretenir, à la transformer en désespoir. Le désespoir était si merveilleusement complexe avec sa multitude de sentiments interdépendants qui lui donnait une richesse qu'*Elle* savourait par-dessus tout.

Mais *Elle* était prévoyante et savait que les proies ne venaient pas à elle régulièrement. Parfois, certaines étaient particulièrement prédisposées au désespoir. Celles-là, *Elle* les amenait lentement, presque amoureusement, au bord du précipice et les y maintenait long-temps, distillant soigneusement les sentiments dont elle se nourrissait. *Elle* en était venue à considérer ces proies comme une extension d'elle-même, une réserve qu'elle avait appris à faire durer jusqu'à épuisement. Pour *Elle*, elles étaient l'*Autre*.

Pendant longtemps, *Elle* avait vécu en symbiose avec une *Autre*. Mais l'*Autre* avait fini par se tarir et avait cessé d'exister, laissant *Elle* seule avec sa faim. *Elle* avait attendu. Quelqu'un finissait toujours par venir. Pour *Elle*, le temps n'existait pas. Il n'y avait que l'éternité. Maintenant, *Elle* savait qui serait l'*Autre*.

En vertu de son statut incontesté de prin-cesse de la famille, Camille avait choisi la grande chambre du milieu. Avant de se mettre au lit, elle expliqua en détail à sa mère comment elle allait l'aménager. La bibliothèque irait dans le coin, avec tous ses livres et ses bibelots. Dans l'autre coin, elle allait mettre sa petite table de travail. Elle allait bientôt être en première année, expliqua-t-elle, le plus sérieusement du monde. Il lui faudrait un endroit pour faire ses devoirs. Et, évidemment, les murs seraient couverts d'affiches de ses vedettes préférées ! Camille savait déjà où elle disposerait chacune d'elles. Sa commode était déjà contre le mur, près de la porte, et Alphonse nageait joyeusement dans l'aquarium qui y était installé. Comme ça, elle pouvait le regarder en s'endormant. Elle y avait aussi disposé temporairement ses précieuses poupées de porcelaine qu'elle prévoyait placer sur une tablette au-dessus de sa table de travail le lendemain.

Anne l'écouta en souriant tendrement. Camille semblait vraiment ravie de sa nouvelle maison.

— Pourquoi t'as mis tes poupées sur la commode ? demanda Anne. Tu n'as pas peur que Chocolat les fasse tomber ?

— C'est pour jouer avec la petite fille, si jamais elle vient, déclara simplement Camille.

— La petite fille ?

— Oui. Celle que j'ai vue dans la fenêtre ce matin.

— Camille, soupira Anne avec tendresse. Je sais que tu as peur de ne pas avoir d'amies dans ton nouveau village. Tu es gentille et drôle et mignonne comme tout. Tu vas être très populaire, je te l'assure. Nous sommes arrivés seulement aujourd'hui. Il faut juste être un peu patiente. OK ?

— OK. Demain, on décore ma chambre, hein maman ? insista anxieusement Camille.

– Je dois d'abord vider les dernières boîtes de la cuisine et aller à l'épicerie. Mais je te le promets : demain après-midi, toi et moi, on décore ta chambre ! Juste les filles ! Mais maintenant, il faut que tu dormes. Il est très tard pour une petite Puce de cinq ans et la journée a été longue.

– J'ai presque six ans ! répliqua une fois de plus Camille. Et je ne suis même pas fatiguée, ajouta-t-elle fièrement en étouffant un bâillement.

– Oui. Je sais, dit Anne en lui caressant les cheveux. Tu es grande maintenant. Mais ne grandit pas trop vite, d'accord ?

Pour toute réponse, Camille lui fit un sourire somnolent et un gros câlin.

– Bonne nuit maman, marmonna-t-elle d'une voix ensommeillée.

– Bonne nuit, Puce. Dors bien dans ta nouvelle chambre. Demain, elle va être superbe, tu vas voir.

Anne allait éteindre la lumière lorsque Chocolat sauta sur le lit. Après avoir piétiné quelques instants en ronronnant, il se blottit dans le creux des jambes de Camille. La petite adorait ce minet maigrichon tout blanc avec le visage, la queue et les pattes noirs. Et le minet le lui rendait bien. Sa meilleure amie, c'était Camille. C'était avec elle qu'il passait toutes ses nuits depuis que la famille l'avait adopté deux ans plus tôt, lorsqu'il avait encore l'air d'un petit rat tout maigre. Juste après la mort de Jean-Pierre, se rappela Anne avec un pincement au cœur.

Camille, Chocolat et Alphonse tous ensemble dans la chambre… Tout était parfaitement normal. Satisfaite et heureuse, Anne éteignit et s'éloigna.

✿

Simon avait fini par s'installer dans la chambre du fond. Évidemment, il avait fallu négocier. Avec Simon, rien ne s'obtenait facilement… C'était le prix à payer pour communiquer avec lui. Il avait d'abord tenté de convaincre sa mère de le laisser emménager dans le grenier.

— Ah ! *man*, *come on*…, avait-il argumenté de ce ton geignard tellement irritant. Ça serait *full hot*, le grenier. Je vais mettre mon lit en plein milieu pis je vais placer mes affaires tout autour. Ça va être comme un loft. Je vais mettre une table pour mon ordi pis je vais installer un banc sous la fenêtre pour jouer de la guitare. Je vais pouvoir *booster* mon ampli à fond pis personne va me gueuler après. Je vais mettre des posters partout. Ça va être *cool* à mort. *Come on*, maman…

Anne pouvait comprendre le besoin d'indépendance de son fils mais elle ne se sentait pas prête à le laisser s'isoler ainsi. Pas encore. Pas après tout ce qu'il avait fait en cachette depuis deux ans. L'année prochaine, peut-être, si tout allait bien…

— Écoute mon grand…

— Ah… Appelle-moi pas comme ça. Tu le sais que ça m'achale…, gémit Simon.

– OK…, soupira Anne. Écoute, Simon, j'aimerais mieux que ta chambre soit à l'étage comme les autres. Le grenier n'est même pas fini. Il y a de la poussière partout. Une fois que la maison sera retapée, nous pourrons l'aménager correctement.

– Ah ! *man*…

Il s'était traîné les pieds vers la chambre du fond. Elle était un peu plus petite que les deux autres mais Simon, c'était Simon. Il avait opté pour l'endroit le plus retiré de la maison.

– Bonne nuit, dit sa mère.

– Ouais, c'est ça…, répondit-il en claquant la porte.

Avant de se coucher, il alluma son portable et écrivit quelques lignes dans son journal.

Cap-aux-Esprits, vendredi, 1er juillet 2005

Salut Ordi,

C'est fait. J'habite Cap-aux-Esprits. Cap-aux-Esprits… Même le nom du village est nul. Tsé ? C'est quoi, la joke ? Un village fantôme ? Et puis, la maison est sinistre. Elle me donne la chair de poule. Je sais pas pourquoi. C'est juste la drôle d'impression que je ne suis pas en sécurité. Sérieusement, je ne l'aime pas du tout la « vieille dame distinguée » à ma mère.

Une vieille bâtisse toute maganée qu'il va falloir retaper… Je vais y passer tout l'été, c'est sûr. Si tu pouvais voir comme il y a rien ici. Mais t'es chanceux : t'es juste un ordi. Tu vois rien. Des fois, je t'envie.

J'aurais voulu avoir ma chambre dans le grenier. Ça aurait été cool. Ma mère a pas voulu, bien entendu. Elle ne le dit pas, mais je sais bien qu'elle veut garder un œil sur moi. Je peux pas vraiment la blâmer. Si j'avais pas fait toutes ces conneries, aussi… Je serais pas pris dans ce trou perdu à me faire des peurs.

S.

Chapitre III

Claire

ANNE s'installa dans son lit. Elle devrait se contenter de la chambre qui donnait sur la rue – celle où elle entendrait sans doute les voitures et les camions circuler la nuit ; celle dans laquelle le soleil plomberait toute la journée... Mais le bruit et la chaleur, elle s'y ferait. L'important, c'était que les petits soient bien et heureux.

Dehors, un éclair fendit la nuit et un coup de tonnerre fit vibrer la maison. Une pluie forte s'abattit sans prévenir. Anne avait toujours aimé les orages d'été. Elle s'étira et éteignit la lampe qu'elle avait posée sur le plancher en attendant de retrouver sa table de chevet dans le fouillis qui régnait partout. *Il faudrait aussi me trouver un emploi*, se rappela-t-elle. Son cœur se serra un peu. Elle avait sauté à pieds joints dans une nouvelle vie et quitté son poste de comptable dans une grande entreprise. Maintenant elle devait trouver rapidement un moyen de gagner sa vie, car ses économies allaient vite fondre. L'agent immobilier lui avait mentionné quelques possibilités dans le village. Avec un peu de chance, elle trouverait quelque chose de bien, qui lui permettrait de rester près des petits. Elle avait confiance. Elle s'endormit en souriant, épuisée mais sereine.

❁

Elle avait faim. Très faim. *Elle* avait identifié la proie la plus vulnérable, dont la peur était encore immature, innocente. *Elle* allait d'abord calmer sa faim. Ensuite, *Elle* apprendrait à connaître ses proies, ce qui alimentait leur peur et leur désespoir, ce qui les bouleversait le plus profondément.

❁

Il faisait nuit mais Camille ne dormait pas. Debout devant sa commode, elle admirait des poupées anciennes qui se trouvaient près des siennes. Elles étaient vieilles et un peu usées mais si jolies. Surtout celle avec l'ombrelle qui lui rappelait les demoiselles distinguées des vieux films qu'elle regardait parfois avec sa mère.

— Ce sont mes poupées, dit une voix derrière Camille.

Camille se retourna. Dans la porte de sa chambre se tenait une petite fille à peu près de son âge. Elle était venue ! Camille l'observa un moment. Sa tête était penchée sur le côté et sa joue touchait presque son épaule. Même dans la pénombre, elle semblait terriblement pâle. Ses lèvres minces se découpaient à peine sur son visage parsemé de taches sombres. Ses yeux étaient cernés de larges cercles bleutés. Dans les cheveux blonds sales et ternes qui lui collaient sur la tête traînaient des morceaux de feuilles mortes. Sa robe bordée de dentelle était tachée et trouée par endroits. Elle portait des bottines de cuir noir par-dessus des bas de soie déchirés aux genoux.

– Tu veux jouer avec moi ? demanda Camille.

La fillette sourit, prit deux poupées et s'assit sur le lit près de Camille. Son odeur rappelait celle de la viande laissée trop longtemps dans le réfrigérateur. Camille plissa le nez mais fit attention à ne pas montrer son malaise. Maman disait toujours qu'il fallait être discrète quand les gens ne sentaient pas bon ou qu'ils étaient sales parce que ce n'était pas de leur faute.

– Comment tu t'appelles ? demanda-t-elle.

– Claire.

– C'est un joli nom. Tu habites où ?

Claire ricana.

– Ici. Dans le grenier. Et dans la cave, aussi.

Elle redressa la tête, et son cou émit un craquement sinistre. Un éclair rouge traversa ses yeux ternes.

– Je suis morte, tu sais, déclara-t-elle calmement.

– Morte ? Tu es un... fantôme ? demanda Camille d'une voix tremblante.

– Oui. Et je vais venir jouer avec toi toutes les nuits.

– Tu me fais peur, gémit Camille. Je veux que tu t'en ailles.

– Si tu ne veux pas jouer avec moi, je vais faire du mal à ton poisson, puis à ton chat, puis à ton frère, puis à ta mère. Tu vas te retrouver toute seule dans la maison avec moi…, dit la fillette avec un sourire cruel. C'est ça que tu veux ?

Elle se leva et s'approcha de l'aquarium où Alphonse nageait tranquillement. Elle se mit à chanter.

> Petit poisson qui tourne en rond,
> Petit poisson dis-moi ton nom.
> Petit poisson qui bouge, qui bouge,
> Petit poisson tout rouge, tout rouge,
> Petit poisson dis-moi ton nom.
> Ou tu vas MOURIR AU FOND !

– OK, je vais jouer avec toi, dit Camille en retenant ses larmes.

– Bon… C'est mieux.

Claire se rassit sur le lit. Ses lèvres s'entrouvrirent, révélant des dents gâtées et noircies. D'une main blanche et froide, elle caressa les cheveux de Camille, en souriant, puis approcha son visage du sien. Ses doigts descendirent lentement le long de la joue de Camille, puis traînèrent sur son cou.

– Nous allons avoir beaucoup de plaisir toutes les deux, dit-elle d'un ton menaçant.

– Tu me fais peur…, gémit Camille.

– J'espère bien, répliqua la fillette en souriant.

Une langue enflée émergea d'entre ses lèvres. Elle lui lécha le visage en ricanant de plaisir. Ses *ongles crasseux se baladèrent sur la gorge de Camille, menaçant de s'y enfoncer.*

— Maman ! hurla Camille de toutes ses forces.

Anne s'éveilla en sursaut. Camille avait crié. Désorientée dans sa nouvelle chambre, l'esprit encore embrumé par le sommeil, elle chercha sa lampe à tâtons et l'effleura du bout des doigts. La lampe se renversa et Anne l'entendit se briser sur le plancher. Craignant de se couper les pieds sur les éclats de verre, elle traversa son lit à genoux et en sortit par l'autre côté. Les bras tendus, elle avança à l'aveuglette jusqu'au mur et le longea. Elle hésita jusqu'à la porte de Camille, trouva l'interrupteur et alluma.

— Camille ? Qu'est-ce qui se passe, ma chérie ? demanda Anne en s'approchant de sa fille.

Assise dans son lit, Camille, les cheveux en broussaille, serrait ses couvertures sous son menton en pleurnichant. Aveuglée par la lumière soudaine, elle plissait ses yeux rougis en regardant sa mère. Elle suçait son pouce. Sur le plancher, une de ses poupées gisait, la tête fracassée.

— La petite fille. Elle est venue jouer à la poupée, dit Camille en reniflant bruyamment. Mais elle est méchante.

Anne s'assit sur le lit près de sa fille et la prit dans ses bras.

— Calme-toi, Puce. Tu as fait un mauvais rêve.

– Non. Elle était là, déclara la petite en désignant du doigt le pied de son lit. Je te jure, maman. La petite fille que j'ai vue dans la fenêtre. Mais elle était toute pourrie et elle sentait mauvais. Elle m'a léché le visage.

Camille retenait à peine ses sanglots.

– Je ne veux pas qu'elle revienne. Et elle a fait peur à Chocolat, aussi.

Pour la première fois, Anne remarqua que Chocolat n'était pas sur le lit. Camille se blottit dans les bras de sa mère. Elle tremblait de peur.

– Ma pauvre Puce, chuchota Anne d'une voix rassurante en lui caressant calmement les cheveux. Je crois que Chocolat a plutôt fait tomber une de tes poupées et qu'il s'est sauvé. Je t'avais dit que ça pouvait se produire. Tu as vraiment eu peur, hein ? Tu veux que maman dorme avec toi cette nuit ?

– Oui, dit Camille d'une toute petite voix, le visage contre la poitrine de sa mère. S'il te plaît.

Simon venait à peine de s'endormir lorsque sa sœur avait crié. Il lui avait fallu un moment pour retrouver ses esprits et il était sorti dans le corridor voir ce qui se passait. Lorsque Anne se releva pour éteindre la lumière, elle se retrouva face à face avec lui.

– Qu'est-ce qu'elle a, encore ? demanda-t-il en se frottant le visage.

– Elle a fait un cauchemar. Elle dit qu'elle a vu une petite fille dans sa chambre.

– Elle pourrait la voir en silence, sa petite fille ! grogna Simon en tournant les talons. Je veux dormir, moi.

Il regarda sa sœur avec mépris.

— Ferme ta gueule pis dors, OK, Coquerelle ?

— Simon ! s'exclama Anne en fronçant les sourcils. Excuse-toi tout de suite !

Pour toute réponse, Simon tourna les talons, rentra dans sa chambre et claqua la porte. Anne soupira avec impatience. Simon était si difficile à vivre, parfois... Elle retourna vers Camille, se glissa sous les draps et la prit dans ses bras. En quelques minutes, la petite dormait à poings fermés. Anne, elle, était un peu inquiète. La dernière fois que Camille avait fait un cauchemar remontait au décès de son père. À bien y penser, elle avait aussi recommencé à sucer son pouce pour quelque temps à cette époque. Et si le déménagement l'avait insécurisée ? Anne avait été tellement préoccupée par Simon depuis deux ans... Peut-être qu'elle n'avait pas donné assez de réconfort à Camille ? Il lui fallut plusieurs heures pour s'endormir. Dans la chambre voisine, elle pouvait entendre Simon taper sur son ordinateur.

❁

Simon s'était remis au lit en ronchonnant. Des fois, sa sœur était tellement *gossante*... À cause d'elle, il s'était réveillé pour rien et maintenant, il n'arrivait plus à se rendormir. Dehors, la pluie battait contre les fenêtres de sa chambre et le vent sifflait. De temps à autre, le tonnerre grondait et les éclairs perçaient la nuit, illuminant sa chambre. La vieille maison craquait de toutes parts et chaque nouveau bruit le faisait sursauter. Il se retourna sur le ventre et mit son oreiller sur sa tête.

Il allait sombrer dans le sommeil lorsqu'un bruit différent des autres le fit sursauter. Tac.Tac.Tac.Tac.Tac… On aurait dit des pas sur le plafond de la chambre. Il retira l'oreiller, ouvrit les yeux et tendit l'oreille. Rien. C'était sans doute une branche de l'arbre qui se trouvait près de sa fenêtre qui frappait contre la maison. Il allait devoir apprendre à connaître les bruits de cet endroit. Il se détendit et referma les yeux.

Tac.Tac.Tac.Tac.Tac… Cette fois, il n'avait pas rêvé. Ça venait du plafond de sa chambre. Quelque chose bougeait dans le grenier. Il s'assit dans son lit, les sens aux aguets. Le bruit résonna à nouveau, plus fort cette fois – Tac.Tac.Tac.Tac.Tac – suivi d'un drôle de petit couinement qui aurait aussi bien pu être le rire d'une petite fille que le cri d'une bête. Un rat ? Un écureuil ? Un écureuil. Ça devait être ça. Dans une bâtisse de cet âge-là, il devait y avoir des trous partout. Le grenier devait être rempli de bestioles.

Cap-aux-Esprits, samedi, 2 juillet 2005
DEUX HEURES DIX DU MATIN !

Salut Ordi,
Même en campagne, Coquerelle est gossante. Elle fait des cauchemars. Elle dit

que la petite fille qu'elle a vue dans la fenêtre vient lui faire des peurs. En plus, il y a des écureuils qui courent dans mon plafond. Moi, je veux juste dormir en paix, tsé, là... Je déteste déjà cette maison.

S.

Simon remit l'oreiller sur sa tête, le serra bien fort contre ses oreilles et décida de ne plus s'en occuper. Il ne pouvait rien faire en pleine nuit de toute façon. Demain, il le mentionnerait à sa mère. Des rats ou des écureuils. Ça commençait bien !

Chapitre IV

La chambre de Camille

L E LENDEMAIN MATIN, Anne se réveilla tôt et quitta Camille sur la pointe des pieds. Elle prit une douche, déjeuna et passa quelques heures à défaire des boîtes dans la cuisine sans être dérangée. Au milieu de l'avant-midi, elle avait tout mis en ordre. Les armoires étaient nettoyées et remplies de vaisselle, le plancher lavé et ciré, l'évier nettoyé, le comptoir luisait comme un sou neuf et tous les appareils électroménagers étaient à leur place respective. Elle avait même réussi à accrocher aux murs quelques affiches laminées qui égayaient l'atmosphère. La pièce qu'elle considérait comme le cœur de la maison était prête.

Les enfants, eux, firent la grasse matinée. Pour Simon, c'était normal. Même les jours d'école, il fallait le jeter en bas du lit pour qu'il se lève, celui-là ! Pour Camille, par contre, c'était plus exceptionnel. Mais elle s'était couchée très tard et, en plus, avec ce mauvais rêve, elle avait sans doute mal dormi.

Il y avait encore tous ces appareils électroniques à brancher dans le salon. Elle s'assit par terre et s'attaqua à l'amas de fils qui lui semblaient tous pareils. Sous le sofa, elle aperçut Chocolat.

– Tiens, qu'est-ce que tu fais là, toi, le minou maigre ? demanda-t-elle en tendant la main vers lui.

Pour toute réponse, le chat émit un grondement sourd.

– Il est de mauvais poil, monsieur Chocolat, ce matin, constata Anne d'un ton amusé. Tu parles d'une manière de s'adresser à sa maman. Allez, viens ici.

Elle attrapa le siamois, l'extirpa de sa cachette et le prit dans ses bras. Les oreilles rabattues sur la tête, les yeux qui louchaient encore plus qu'à l'habitude, il avait vraiment l'air contrarié. Elle le gratta sous le menton en lui chuchotant des mots doux.

– Ben voyons... Qu'est-ce qu'il y a, mon Choco ? Hein ? Il est fâché, on dirait. Il n'aime pas sa nouvelle maison ?

Après quelques minutes, Chocolat finit par se détendre et se mit à ronronner. Anne le posa par terre.

– Allez. Sois un bon minet. Va trouver Camille. Elle va se poser des questions si tu n'es pas là quand elle va se réveiller.

Comme s'il avait compris, Chocolat s'étira paresseusement puis gravit l'escalier.

Vers onze heures trente, Anne faillit défaillir : Simon était sorti du lit tout seul !

– Seigneur... Es-tu malade ? Il n'est même pas midi, le taquina-t-elle. Tu as bien dormi ?

– Non, dit-il en bâillant. Je pense qu'il y a des bêtes dans le grenier. Des écureuils ou des rats, je sais pas trop. Ça fait un vacarme d'enfer au-dessus de ma chambre.

– Beurk ! s'écria Anne. Je déteste ces bêtes-là ! Va falloir surveiller ça de près. Rien qu'à penser qu'il y a des rats... Je n'en dormirai plus, moi.

Une moue sur les lèvres, Simon regardait sa mère essayer de se retrouver dans les fils du lecteur DVD, du téléviseur et des haut-parleurs.

– Au secours..., dit Anne d'une toute petite voix en souriant timidement. Je ne comprends rien dans toutes ces connections. Si tu me laisses faire, le prochain film que nous allons regarder va être en coréen sous-titré en danois !

– *Come on*... C'est facile. Tasse-toi, m'man, dit impatiemment Simon en prenant sa place.

Il lui fallut à peine cinq minutes pour terminer le branchement des appareils et les placer dans l'unité murale. Sur ces entrefaites, Camille fit irruption dans le salon.

– Allô Puce ! s'exclama Anne. Tu as bien dormi ?

– Oui, répondit la petite en faisant un sourire angélique. J'ai faim !

Camille ne semblait avoir aucune séquelle de son mauvais rêve de la veille. Soulagée, Anne se rendit dans la cuisine pour préparer un plantureux déjeuner. Quand elle était heureuse, elle avait toujours le goût de cuisiner. Et puis, il était quand même presque midi. Elle posa sur la table trois assiettes remplies d'œufs brouillés, de bacon, de saucisses et de rôties. Simon s'attaqua au repas avec enthousiasme. Camille, la bouche pleine, fit à sa mère un immense sourire qui éclaira la pièce mille fois plus que le soleil de juillet.

Après le repas, comme elle l'avait promis, Anne passa une partie de l'après-midi à décorer la chambre de Camille. Avec l'aide de Simon, elle disposa d'abord les meubles *exactement* là où Camille les voulait. Au millimètre près ! Simon perdit patience à quelques reprises mais il tint le coup sans dire trop de méchancetés. Lorsque tout fut enfin placé, il se retira dans sa chambre pour l'organiser à son goût. Anne était un peu inquiète du résultat final, mais c'était l'espace personnel de Simon. Elle devait respecter ce qu'il désirait en faire.

Sous le regard intéressé de Chocolat, bien assis dans une boîte qu'on venait de vider, Camille et Anne passèrent aux petits détails. Les poupées, évidemment, vinrent en premier et se retrouvèrent sur la tablette qu'Anne avait vissée au mur. Elles les disposèrent debout les unes à côté des autres, leurs chapeaux coquettement posés sur leurs têtes, leurs robes lissées à la perfection. Avec regret, elles mirent à la poubelle la poupée brisée la nuit dernière par le chat.

Elles placèrent ensuite les livres et le lecteur de disques compacts dans la bibliothèque. Puis Anne posa les rideaux à motifs de soleil et d'étoile qui formaient un ensemble avec le couvre-lit. Puis arriva le moment crucial : la cérémonie de la pose des affiches. Anne les sortit du tube de carton où elle les avait soigneusement enroulées et les étendit une à une sur le lit. Camille indiqua aussitôt sa préférée : celle d'Annie Brocoli toute souriante dans son costume spatial.

– Je la veux juste là, devant mon lit, décréta-t-elle sans hésitation. Comme ça, je la verrai le matin en me réveillant.

– À vos ordres, chère mademoiselle, dit Anne en riant.

Anne saisit quatre punaises et se dirigea vers l'endroit désigné en faisant bien attention de ne pas plier la précieuse affiche. Elle allait la fixer lorsqu'elle remarqua quatre profondes égratignures sur le mur. On aurait dit qu'une bête sauvage y avait donné un furieux coup de patte. Contrariée, elle secoua la tête. Les déménageurs... Si on ne les surveillait pas tout le temps, ils finissaient toujours par briser quelque chose, ceux-là. Ils auraient pu faire un peu attention.

– C'est la petite fille qui a fait ça, dit tristement Camille. Elle était très fâchée hier soir.

Le cœur d'Anne se serra. Voilà que cette histoire de petite fille refaisait surface. Il ne fallait surtout pas l'empirer en lui donnant de l'importance.

– Tu sais, je crois que c'est plutôt un déménageur qui avait hâte de terminer sa journée, suggéra-t-elle le plus normalement possible. Enfin, ce n'est pas grave. Pour le moment, Annie Brocoli va nous aider à cacher tout ça. Tu m'aides ?

Anne posa l'affiche sur le mur et, pendant que Camille, sur le bout des pieds, la tenait par le bas, elle enfonça les punaises. Elle recula de quelques pas et admira le résultat.

— Tu avais raison ! C'est l'endroit tout désigné pour Annie Brocoli.

Camille rayonnait de fierté.

— On pose les autres ? proposa Anne.

Le moindre espace libre de la chambre de Camille fut bientôt tapissé d'affiches. Il était passé seize heures. Anne décréta que la famille en avait assez fait pour aujourd'hui. Pendant qu'elle mettait un macaroni congelé au four micro-ondes, Simon se rendit au club vidéo du village avec mission d'ouvrir un compte et de ramener des films. Il revint avec une comédie pour la famille et un film d'horreur pour lui seul. Pendant qu'Anne et Camille passaient la soirée dans la bonne humeur dans le salon, devant la télévision, Simon s'enferma dans sa chambre pour se faire peur.

❁

Elle savourait la peur qu'elle avait commencé à récolter. Une peur encore immature, trop simple, sans raffinement. Mais après son long jeûne, le goût en était absolument sublime et *Elle* s'en contentait. Bientôt, *Elle* goûterait mieux. Tellement mieux. Si elle avait eu un visage, *Elle* aurait souri.

❁

Simon venait de terminer une étape cruciale de son jeu vidéo et il était à bout de souffle. Il enregistra ses progrès et éteignit sa console. Il poursuivrait sa partie le lendemain. Tout le monde était déjà couché mais lui, allongé sur le dos dans son lit, n'arrivait pas à dormir. De temps à autre, les écureuils (les rats ?) faisaient leur vacarme dans le grenier. Et puis, on crevait de chaleur dans cette vieille baraque. L'air conditionné du condominium de Montréal lui manquait ! Mais il n'allait certainement pas se plaindre. Il pouvait trop facilement imaginer la réaction de sa mère : *Tu n'as qu'à te faire couper les cheveux. Ce sera plus frais...*

Exaspéré, Simon finit par se lever et descendre dans la cuisine pour prendre une boisson gazeuse et un sac de croustilles. Il emporta le tout avec lui. Il traversait le salon en direction de l'escalier lorsque son attention fut attirée par une silhouette sur le trottoir, de l'autre côté de la rue. Il s'arrêta et l'observa à travers les stores.

Il faisait noir mais la lune éclairait suffisamment la nuit pour lui permettre de voir une fille sans toutefois distinguer ses traits. Elle semblait avoir à peu près son âge. Les bras croisés sur le torse et son pied droit bougeant sans cesse, elle regardait fixement la maison. Un *skate*. Elle avait le pied sur un *skate* auquel elle donnait distraitement un mouvement de va-et-vient. Un *skate*... Tout à coup, dans l'esprit de Simon, le village semblait un peu moins perdu au bout de l'horizon de nulle part. Peut-être que cette fille avait entendu dire qu'il faisait du *skate*, lui aussi, et qu'elle était curieuse ? Mais si tard le soir ?

S'il y avait une seule personne – et une fille en plus ! – qui faisait du *skate* à Cap-aux-Esprits, Simon voulait faire sa connaissance tout de suite ! Il ouvrit la porte avant et sortit sur la grande galerie. Personne. Elle était déjà partie.

Chapitre V

Un dimanche à la campagne

LE LENDEMAIN, les cloches de l'église de Cap-aux-Esprits, qui appelaient les fidèles à la messe de huit heures, rappelèrent à Anne que le dimanche était censé être une journée de repos, même pour les gens qui venaient de déménager. Elle s'étira langoureusement en bâillant. L'emménagement avançait bien, songea-t-elle. Ce qui restait à faire pouvait attendre, et les enfants avaient besoin d'une journée de détente. Avant que Camille et Simon s'éveillent, Anne prit une douche et déjeuna en vitesse. Elle se rendit dans la grange et en sortit les trois bicyclettes que les déménageurs y avaient placées : le petit vélo de Camille, le dispendieux vélo de montagne que Simon avait reçu en cadeau d'anniversaire l'année précédente et la vieille bécane à dix vitesses démodée dont elle n'arrivait pas à se départir. Elle les stationna près de la porte du côté.

Dimanche, même pas neuf heures... Un sourire espiègle sur le visage, Anne rentra à l'intérieur et se dirigea vers les chambres des enfants. Simon allait hurler au meurtre ! Elle frappa doucement à sa porte sans résultat. Elle insista et entendit un grognement. Elle ouvrit et trouva Simon étendu sur le ventre en travers de son lit, une jambe pendant dans le vide. Ses longs cheveux noirs émergeaient dans tous les sens de sous l'oreiller qui lui couvrait la tête.

– Debout ! s'exclama Anne avec bonne humeur. Il fait soleil et la vie est belle ! On va faire du vélo !

Pour toute réaction, Simon grogna de nouveau. Anne s'approcha et le secoua par l'épaule.

– Allez, paresseux. Lève-toi.

– Du vélo ? fit la voix de Simon, étouffée par l'oreiller. T'es folle ou quoi ? Laisse-moi dormir.

– Pas question. Allez, debout !

Sans prévenir, elle le saisit par la cheville et le tira vers elle. Se sentant glisser vers le bord du lit, Simon s'accrocha de son mieux et sa tête finit par émerger de sous l'oreiller.

– Hein ? Quoi ? Qu'est-ce que tu fais là ? demanda-t-il, éberlué.

– Je te l'ai dit. On va faire du vélo. C'est dimanche, il fait beau et nous allons passer la journée en famille. Allez hop !

– Ah ! *man*… Pas une affaire en famille… J'veux dormir, gémit Simon en faisant mine de se recaler sous l'oreiller.

– Pfffftttt ! Je t'attends en bas dans quinze minutes. Et n'oublie pas de t'habiller. Tu ne voudrais pas être tout nu sur ton vélo la première fois que les gens du village te verront !

En riant, elle se précipita sur lui et lui chatouilla les côtes. Simon se crispa aussitôt et se mit à gigoter dans tous les sens en criant.

Anne n'arrivait pas à se rappeler la dernière fois qu'il s'était réveillé en souriant. Satisfaite, elle sortit. Lorsqu'elle entra dans la chambre de Camille, la petite était déjà habillée. Sur le lit, Chocolat la regardait faire avec une indifférence toute féline en se prélassant dans le soleil que laissaient entrer les fenêtres.

— C'est vrai? On va faire du vélo?

— Ouais!

— Youppi! Je suis prête.

— Il faudrait quand même déjeuner d'abord, tu ne crois pas?

Camille avait déjà englouti deux choco-latines lorsque Simon se présenta dans la cuisine, l'air pas encore tout à fait alerte. Il était vêtu d'un indécrottable t-shirt noir et de ses espadrilles en lambeaux mais, à la grande surprise de sa mère, il portait un jean coupé aux genoux – noir, lui aussi.

— Mon Dieu! s'écria-t-elle en feignant la surprise.

— Quoi? Qu'est-ce qu'il y a? demanda Simon en s'examinant anxieusement. Qu'est-ce que j'ai fait, encore?

— Tu as des jambes! Regarde. Là, sous ton corps! Deux, couvertes de poils! Elles ont dû pousser pendant la nuit! Sérieusement, n'oublie pas de mettre de la crème solaire. Ces jambes-là n'ont pas vu le soleil depuis deux ans!

— Ha ha ha! fit Simon en grimaçant. Eh que t'es drôle…

L'air bougon, il prit place à table et se fourra un demi-croissant dans la bouche. Lorsqu'il eut terminé, il se leva en soupirant et se rendit prendre une boisson gazeuse dans le réfrigérateur.

– Simon ! s'écria Anne, horrifiée. Tu ne vas quand même pas boire ça au déjeuner !

– Ben… Oui. Pis ?

– C'est mauvais pour toi. Tu en bois trop. Prends donc du jus.

Simon soupira à nouveau en levant les yeux au ciel.

– Il faut vraiment faire du vélo ? se lamenta-t-il.

– Oui monsieur !

– Ah ! *man*…

– Youppi ! Du vélo ! s'écria à nouveau Camille.

– Ah ! toi, Coquerelle, écrase ! ronchonna Simon.

– Simon ! le réprimanda Anne sans qu'il en fasse le moindre cas.

Pendant qu'il s'attachait les cheveux en queue de cheval avec un élastique et que Camille mettait ses espadrilles, Anne ouvrit la porte et se retrouva face à face avec une vieille dame aux cheveux blancs, en robe fleurie, une assiette recouverte de pellicule plastique dans les mains. Anne laissa échapper un petit cri de surprise. La vieille dame eut un mouvement de recul et saisit la balustrade d'une main pour ne pas perdre l'équilibre.

– Oh ! Je m'excuse, balbutia la dame. Vous avez ouvert la porte avant que je frappe. Je voulais juste vous souhaiter la bienvenue.

– Comme vous êtes gentille, s'exclama Anne, ravie. Je m'appelle Anne Lapointe, dit-elle en tendant la main. Et voici mes enfants, Simon et Camille.

La vieille dame balança son assiette sur une main et saisit la main d'Anne de l'autre, hésitante. Camille, toute honorée d'être formellement présentée à une grande personne, fit son sourire le plus étincelant. Simon, lui, grogna un *allô* à peine audible.

– Je suis madame Labonté, répondit la dame. Germaine Labonté. J'habite juste de l'autre bord de la rue, en biais, dans la maison beige. J'ai pensé que des p'tits biscuits vous feraient plaisir. Ils sortent du four, ajouta-t-elle en lui tendant l'assiette.

– Vous n'auriez pas dû, dit Anne, bouche bée, en acceptant l'offrande. C'est vraiment trop gentil de votre part. Mais entrez donc. Venez prendre un café.

Une ombre traversa le regard de la vieille dame.

– Entrer ? Oh non ! non… Je ne pourrais pas… Je… Je voulais juste… Je suis pressée. La messe de dix heures, vous comprenez ? Je ne suis même pas encore changée, balbutia-t-elle en désignant sa robe des mains. Et pis, vous avez l'air d'être sur votre partance, vous autres. Une autre fois, p'têt ben. Mais là je vais y aller, hein ? Ben, bonne chance, là, hein, ma pauvre madame… Bonne chance.

La vieille dame se retourna sans ajouter un mot, descendit l'escalier de la galerie et s'éloigna à petits pas rapides dans l'entrée, laissant Anne dans l'embrasure de la porte, l'assiette de biscuits dans les mains. Interloquée, elle rentra dans la maison et referma la porte. Elle déposa les biscuits sur le comptoir.

— Elle est *weird*, la vieille…, nota Simon avec une moue de dégoût.

— Un peu étrange mais elle a quand même l'air gentille. Bon. Tout le monde est prêt pour la balade à vélo ? demanda Anne en se frottant les mains d'expectative.

Toute la famille sortit, Camille en gambadant, Simon en traînant un peu les pieds. Ils enfourchèrent leur vélo et s'engagèrent dans la rue. Sur la galerie de la petite maison beige, Mᵐᵉ Labonté les regarda s'éloigner, une main sur la bouche. *Elle ne devait pas aller se changer, celle-là ?* se demanda distraitement Anne en haussant les épaules.

Ils roulèrent à la file indienne près du trottoir. En moins de cinq minutes, ils avaient atteint la rue Principale du village. Ils s'arrêtèrent à l'intersection, devant *Chez Georges*, où Simon avait acheté la pizza deux jours plus tôt. Pour la première fois, Anne prit le temps d'admirer son nouveau village. Cap-aux-Esprits était aussi charmant que le souvenir qu'elle avait gardé de ses visites avec l'agent immobilier.

De l'autre côté de la rue se trouvaient une station d'essence et une charmante petite épicerie que le temps semblait avoir oubliée. À côté se dressait la succursale d'une banque, bien logée dans un ancien immeuble coquettement entretenu, puis le petit club vidéo. La propriétaire ne le savait pas encore mais, au rythme où Simon consommait les films d'horreur et d'action, le chiffre d'affaires de son commerce venait d'augmenter de dix pour cent ! Et en plus, on y vendait des bonbons à l'unité, comme dans le bon vieux temps. De l'autre côté de la rue, quelques clients prenaient un café sur la terrasse d'un petit café branché. Un peu plus loin, une jolie boutique d'antiquités offrait ses trésors aux touristes de passage. Un peu partout sur la rue Principale, des maisons anciennes toutes plus coquettes les unes que les autres égayaient le paysage de leurs couleurs vives. L'église, située juste en face de l'hôtel de ville, faisait sonner ses cloches plus que centenaires et des gens endimanchés se rendaient à la messe.

Simon n'était guère impressionné par ce qu'il voyait. Pour lui, toutes ces vieilleries étaient… vieilles. Tout avait au moins cent ans dans ce trou perdu. Sauf le club vidéo. Au moins, là, le vingt-et-unième siècle avait réussi à s'infiltrer… Son regard s'arrêta sur la ruelle qui séparait le club vidéo de la banque. Une fille de son âge était appuyée dos au mur avec nonchalance, un pied sur le sol et l'autre contre la brique. Les cheveux blonds teints en bleu, un t-shirt noir dont elle avait arraché les manches, un pantalon noir ample, des espadrilles noires délacées… Un vrai rêve sur deux pattes. Un *skate* traînait à ses pieds. Elle ressemblait à s'y méprendre à la fille qu'il avait vue de l'autre côté de la rue la nuit précédente. Se sentant peut-être observée, elle se tourna vers lui et le regarda droit dans les yeux. Intimidé, il s'empressa de regarder ailleurs.

– On y va? suggéra Anne.

Toute la famille se remit en route. En s'éloignant, Simon jeta un coup d'œil derrière lui. La fille était toujours là et semblait le suivre du regard. À contrecœur, il ramena les yeux sur la route. Il ne fallait surtout pas qu'il se retrouve les quatre fers en l'air devant elle !

Après quelques intersections, ils bifurquèrent à droite. Au bout de la petite rue bordée d'une succession de maisons anciennes et de plus récentes, une école en brique brune de deux étages semblait les attendre. Anne ralentit et la désigna de la main.

– Regarde, Camille. C'est ta nouvelle école.

Ils revinrent sur la rue Principale. L'artère se prolongeait à l'extérieur du village et suivait un grand lac qui attirait les touristes l'été. Ils pédalèrent pendant une dizaine de minutes en longeant le lac. Les estivants avaient sorti leurs bateaux qui sillonnaient les eaux tranquilles. Le terrain de camping était couvert de tentes multicolores et de roulottes. Ils s'arrêtèrent devant un édifice centenaire de quatre étages perché au sommet d'une colline. Une enseigne indiquait « Collège Sainte-Marie ».

– Ça, c'est ton collège, Simon, dit-elle fièrement.

Simon roula les yeux au ciel. Un collège. Privé en plus ! Il allait devoir porter un veston et une cravate. Pire encore : il lui faudrait faire couper ses cheveux. Tout le monde allait être *nerd* à fond… Et les profs allaient insister pour « l'encadrer »… Il se retourna vers sa mère. Ça allait être *vedge* pas à peu près…

Anne avait le visage fendu d'un large sourire et semblait attendre une réaction de sa part.

– Tu vas voir. Ça va être super ! insista-t-elle.

L'espace d'un instant, la polyvalente pleine de monde *cool* et ses *chums* lui manquèrent terriblement. Mais si jamais la fille aux cheveux bleus fréquentait le même collège, ce serait déjà beaucoup mieux…

– J'ai vu dans la brochure touristique qu'il y avait une piste cyclable à l'autre bout du village. Que diriez-vous si nous arrêtions à l'épicerie acheter des boissons et une petite collation ? proposa Anne. Nous pourrions essayer la piste et nous arrêter manger en chemin ?

– Oui ! Oui ! On va faire un pique-nique ! s'écria Camille.

– J'ai pas tellement le choix…, dit Simon, sans enthousiasme.

Après des heures à pédaler au soleil, ils étaient épuisés – surtout Camille, dont les petites jambes avaient travaillé très fort. Ils rangèrent les bicyclettes dans la grange et rentrèrent dans la maison, dont l'agréable fraîcheur contrastait avec la chaleur de l'extérieur. Simon se précipita vers le réfrigérateur et en sortit une cannette de boisson gazeuse.

– Fait chaud…, murmura-t-il entre deux grandes gorgées.

– On va y retourner, hein maman ? demanda Camille.

Une fois rafraîchis, ils montèrent à l'étage. Simon se laissa tomber sur son lit en se lamentant. Il n'a pas l'habitude du sport, celui-là, songea sa mère, amusée. Mais, à ce rythme-là, il allait enfin prendre des couleurs, gothique ou pas. Elle se dirigea vers la salle de bains encore encombrée de boîtes.

– Je prends une douche, cria-t-elle avant de refermer la porte.

Elle retira ses vêtements collants de sueur et les jeta dans le panier à linge, écarta le rideau de douche et allait faire couler l'eau lorsqu'un hurlement strident traversa la maison. *Camille.* Anne s'enroula rapidement dans une serviette et se précipita vers la chambre de sa fille. Elle la trouva tremblante devant son aquarium.

– Qu'est-ce qu'il y a, Puce ? s'écria-t-elle.

– Alphonse…, balbutia la petite entre deux sanglots.

– Quoi, Alphonse ?

Elle suivit le regard de Camille. Au fond de l'aquarium gisait le poisson rouge. Le corps d'un côté et la tête de l'autre.

Simon sortit de sa chambre en grommelant, et se rendit constater la cause de toute cette commotion.

– Cool…, dit-il en jetant un regard complice et admiratif vers son chat.

– Simon! l'admonesta sa mère. Tu n'as pas honte? Ta petite sœur a de la peine!

Dans l'embrasure de la porte, Chocolat observait la scène, les oreilles rabattues sur la tête. Il cracha et s'enfuit en courant vers l'escalier.

Une fois arrivée l'heure du coucher, Anne borda soigneusement sa fille et l'embrassa. Depuis deux ans, Alphonse faisait partie de la vie de Camille. Il était arrivé presque en même temps que Chocolat. Pour elle, il avait été un moyen parmi tant d'autres de compenser la perte de Jean-Pierre. Le trouver dans cet état lui avait brisé le cœur. Anne allait éteindre la lumière lorsque Camille l'interpella.

– Maman?

– Oui, Puce?

– C'est la petite fille qui a fait ça, tu sais. C'est elle qui a tué Alphonse.

Anne retourna s'asseoir sur le lit.

– Puce, murmura Anne en retenant son impatience, il n'y a pas de petite fille au grenier, ni dans la cave, ni dans la grange. Tu as seulement rêvé. OK? Le coupable, c'est certainement Chocolat.

– Chocolat? répliqua Camille d'un ton indigné. Il ne ferait jamais ça. Il est bien trop gentil. Alphonse était son ami.

– Oui mais un chat, c'est un chasseur. Chocolat a simplement écouté son instinct et a profité du fait qu'il n'y avait personne à la maison pour faire tomber le couvercle de l'aquarium et attraper Alphonse. Ils sont comme ça, les chats…

– Mais il n'a jamais fait ça avant. Et il ne l'a même pas mangé…

– Peut-être que le déménagement l'a rendu un peu nerveux et qu'il a fait un mauvais coup. Et puis, tu sais, un chat bien nourri, ça chasse juste pour le plaisir.

Pour toute réponse, Camille hocha imperceptiblement la tête. Elle réfléchit un instant puis montra du doigt son affiche d'Annie Brocoli.

– Pourquoi Chocolat est méchant ? demanda Camille. Il a brisé ma poupée et il a fait du mal à Alphonse.

– Il n'est pas méchant, Puce. Il est simplement… un chat. Parfois, les chats sont espiègles comme ça…

– Il a déchiré ma belle affiche, aussi, dit-elle d'une petite voix triste.

Anne leva les yeux. L'affiche était pratiquement séparée en deux sur le sens de la longueur. Elle ne tenait plus que par quelques centimètres au sommet.

✿

Cap-aux-Esprits, dimanche, 3 juillet 2005

Salut Ordi,

J'ai vu une super belle fille aujour-
d'hui. Un méchant pétard ! Cheveux
bleus, visage pâle, vêtements noirs – et un
skate ! Si tu la voyais. Elle est gothique à
fond. Quand elle m'a regardé, j'ai figé
comme un nono. J'ai dû avoir l'air cave. Va
falloir que je trouve un moyen de la revoir.

Depuis qu'on est arrivés ici, Choco
donne tout un show. Je sais pas ce qui lui
prend. Il a cassé une des poupées de ma
sœur, pis déchiré son affiche préférée. Il a
même bouffé Alphonse. Il est cool, le
minou ! Évidemment, ma sœur, elle, elle
braille comme un veau. Come on. C'est
rien qu'un poisson.

Ça recommence à cogner dans mon
plafond. Les ( )/*?&?/*)&*/» d'écureuils ! Il doit y avoir toute une tribu !

S.

Chapitre VI

Fred

L E LENDEMAIN, Anne laissa une note à Simon sur le réfrigérateur et partit pour le centre commercial de la ville voisine avec Camille. Aussitôt que l'animalerie ouvrit ses portes, elles choisirent un nouvel aquarium en plastique équipé d'un couvercle et un poisson rouge que Camille baptisa aussitôt Bertrand. Mère et fille se rendirent ensuite dans un grand magasin où elles trouvèrent une affiche d'Annie Brocoli identique à celle qui avait été endommagée. Pendant qu'Anne faisait quelques courses, Camille regardait le poisson nager calmement dans son sac de plastique.

— Tu crois que Bertrand va aimer vivre chez nous? demanda-t-elle d'un ton inquiet.

— Bien sûr! rétorqua Anne.

— Chocolat ne va pas le manger aussi, hein maman?

— Mais non. Nous allons nous assurer que le couvercle de l'aquarium soit bien en place. Chocolat ne pourra rien faire d'autre que le regarder. Je te le promets.

Rassurée, Camille retrouva le sourire.

✿

Simon se réveilla vers onze heures, la tête lourde et l'esprit embrumé. Les écureuils avaient été particulièrement actifs, et le bruit qu'ils faisaient avait troublé son sommeil toute la nuit. Lorsqu'il s'assit sur son lit, il constata avec colère que toutes ses figurines de monstres de films d'horreur, peintes avec un soin presque maniaque, gisaient en miettes sur le sol. Pourtant, avant d'éteindre, la veille, il se souvenait de les avoir admirées, alignées les unes à côté des autres sur sa commode. Et voilà que le monstre de Frankenstein, Dracula, le loup-garou, la Chose des marais, Jason et Freddy étaient tous foutus. Près de son téléviseur, une pile de DVD s'était effondrée sur le lecteur. Pire encore : tous ses disques compacts de *heavy metal* étaient tombés de la tour où il les avait soigneusement rangés. La plupart des boîtes étaient cassées et plusieurs disques étaient certainement égratignés. Angoissé, il chercha des yeux sa guitare et constata qu'elle était intacte. Il laissa échapper un profond soupir de soulagement. Puis la colère monta en lui.

— Chocolat ! hurla Simon. Si je t'attrape, je te fais manger tes oreilles !

Il descendit déjeuner. Arrivé au rez-de-chaussée, il trouva la maison vide. Une note l'attendait sur le réfrigérateur :

Simon,

Camille et moi sommes parties au centre commercial. De retour cet après-midi.

Maman

XXXXXXXXXXXXXXX

P.-S. : Il y a des muffins au chocolat dans le réfrigérateur.

Simon haussa les épaules, prit un muffin et le mangea en remontant vers sa chambre pour s'habiller. Le cœur gros, il ramassa les dégâts. Les restes de ses figurines et quelques disques compacts ruinés prirent la direction de la corbeille.

Sur une table en face de son lit, sa console de jeux vidéo trônait sur un petit téléviseur. Il avait terminé son plus récent jeu la veille – la *nuit* dernière, en fait, mais il n'aurait surtout pas fallu que sa mère l'apprenne. Il n'avait pas envie d'en recommencer un vieux. Ce n'était jamais aussi excitant la deuxième fois. Il était temps d'aller voir de plus près ce que le club vidéo de Cap-aux-Esprits avait à offrir.

Il attacha ses cheveux avec un élastique, enfila un jean et ses espadrilles sans chaussettes, puis ouvrit le tiroir de sa commode et en sortit un t-shirt noir. Il hésita. À sa grande surprise, il réalisa qu'il n'avait pas envie de porter du noir aujourd'hui. En fouillant dans le dernier tiroir, il trouva tous les t-shirts de couleur que sa mère s'était entêtée à conserver même s'il refusait de les porter. Il en choisit un vert et en arracha les manches. Comme ça, il aurait quand même du style !

Il prit sa clé sur la commode, la mit dans sa poche et redescendit. Une fois dans la cuisine, il avala un verre de lait et se dirigea vers la porte. Il venait à peine de l'ouvrir lorsque Chocolat surgit de nulle part et s'élança dans l'ouverture. Simon eut à peine le temps de le saisir par la queue pour l'empêcher de sortir. Tout en le retenant, il referma la porte. Heureusement pour le siamois, sa colère avait eu le temps de fondre un peu.

— Mais qu'est-ce qui te prend, toi, hein ? demanda-t-il en serrant affectueusement le chat dans ses bras. Tu deviens fou ou quoi ? Tu casses tout dans ma chambre et là, tu essaies de te sauver ? Tu n'es jamais allé dehors de ta vie, monsieur Choco. Tu vas m'arrêter ça tout de suite, OK ?

Il remit le chat par terre. En le gardant à l'œil, il rouvrit la porte, sortit rapidement et referma derrière lui. Dans la cuisine, Chocolat miaulait à fendre l'âme, les oreilles rabattues sur sa tête. Simon le vit courir vers le salon et se vautrer sous le sofa. *Il perd la boule, celui-là*, se dit-il en haussant les épaules.

Simon se dirigea vers la grange. Il trouva son *skate* appuyé contre un mur, là où il l'avait laissé le jour du déménagement. Il le déposa par terre et mit le pied dessus, le faisant affectueusement rouler d'avant en arrière. La planche était toute cabossée. Elle en avait reçu, des coups. Autant que Simon avait subi de chutes pour devenir un bon *skater* ! Mais il ne l'aurait pas changée pour tout l'or du monde. Il avait l'impression qu'elle était moulée à ses pieds.

Le sourire fendu jusqu'aux oreilles, il s'élança dans l'entrée. Il fit irruption dans la rue et la traversa sans regarder. Un puissant sentiment de liberté l'envahissait, comme chaque fois qu'il montait sur son *skate*. Sur sa gauche, une voiture freina et son conducteur klaxonna avec colère. Simon le salua avec effronterie. Il se sentait revivre ! En se poussant de temps à autre d'une jambe, il lui fallut quelques minutes pour se rendre au club vidéo, contournant adroitement quelques piétons sur le trottoir, ses longs cheveux flottant dans le vent. Ils n'aimaient pas les *skaters*, les villageois... Un vieillard avait même brandi sa canne en lui criant des gros mots !

Il s'arrêta au passage à piétons, traversa la rue Principale et se dirigea vers le club vidéo. Juste avant qu'il n'atteigne la porte, un homme apparut dans la ruelle et tituba dans sa direction en tenant dans sa main une bouteille maladroitement camouflée dans un sac de papier. Simon sentit l'odeur d'alcool qu'il dégageait à plusieurs mètres de distance. L'homme s'appuya contre le mur et le regarda, essoufflé. Les cheveux poivre et sel en broussaille, les yeux cernés et rougis, une barbe de trois jours sur le visage, il cherchait manifestement la bagarre.

— Qu'est-ce que tu regardes, le poilu, hein ? bafouilla l'homme d'un ton agressif.

— Moi ? Rien, répondit Simon, interloqué.

— P'tit baveux..., poursuivit l'homme avec dédain. Tu vas voir... Dans cette maison-là, ce sera pas long que tu vas le perdre, ton air fendant... Tu vas finir comme tous les autres, fou ou ben mort, c'est moi qui te le dis !

L'homme tituba près de lui et le bouscula légèrement au passage.

– Regarde où tu vas ! s'écria-t-il en brandissant sa bouteille.

L'ivrogne poursuivit son chemin et traversa la rue de peine et de misère avant de s'éloigner en zigzaguant. Simon le suivit un instant du regard. Qu'est-ce qu'il avait voulu dire, au juste, le bonhomme ? se demanda-t-il.

– C'est Lucien, l'ivrogne du village, dit une voix dégoûtée derrière lui. Si tu es patient, tu vas finir par le voir pisser dans son pantalon ou vomir sur le trottoir. C'est vraiment édifiant... Ça fait des années qu'il fait honneur au village.

Simon se retourna et son cœur cessa presque de battre. La fille qu'il avait aperçue la veille était dans la ruelle, à la même place, appuyée avec nonchalance contre le mur du club vidéo. Elle était toute vêtue de noir. Elle inspecta Simon sans gêne de la tête aux pieds. Elle avait de magnifiques yeux bleus qui scintillaient littéralement dans un visage dont la pâleur faisait honneur au style gothique. Un anneau dans la narine gauche, les oreilles percées sur toute leur longueur par de nombreuses boucles, elle mâchait lentement une gomme.

Pour l'impressionner, Simon frappa sèchement sur l'extrémité arrière de son *skate*. L'engin virevolta dans les airs et il l'attrapa habilement au vol. Il avait beaucoup pratiqué ce tour avant de le maîtriser et il en était très fier. La fille haussa les épaules avec indifférence et se remit à fixer le mur en mâchant sa gomme. Embarrassé, Simon mit son *skate* sous son bras et entra dans le club vidéo en rougissant.

Il passa une demi-heure à examiner les jeux offerts en location et choisit une histoire de zombies dont le joueur devait libérer une ville à grands coups d'arme automatique. Une fois au comptoir, il aperçut toutes sortes de bonbons dans des bocaux à l'ancienne qui lui mirent l'eau à la bouche. Il en prit pour deux dollars. Il les mangerait en jouant.

Il donna son numéro de compte à la propriétaire. La dame consulta l'écran de l'ordinateur et releva le sourcil.

— Ah! C'est toi qui viens d'emménager dans cette maison!

— Ouais. Ça fait trois jours.

— T'es pas peureux, mon gars! s'exclama-t-elle, l'air amusé.

— Coudon, c'est quoi le problème avec ma maison? demanda Simon, intrigué. Tout le monde a l'air de la regarder de travers.

La dame s'esclaffa.

— Mon gars, si tu savais les histoires que les gens du village racontent. Il paraît qu'elle est hantée ou quelque chose du genre.

— Euh... OK... C'est sympathique de me dire ça...

— Ben tiens! Pourquoi tu penses que le village s'appelle Cap-aux-Esprits?

La dame renversa la tête en arrière et laissa échapper un grand éclat de rire. Interloqué, Simon ne savait pas quoi dire.

— Sérieusement, il ne faut pas prendre ces histoires au sérieux. Dans les petits villages, il y a toujours des tas de légendes qui circulent et des gens qui y croient. Tiens, je gagerais que Mme Labonté a été vous offrir des biscuits ou des galettes et qu'elle avait l'air terrifiée. Je me trompe?

— Non, répondit Simon, étonné. Comment vous savez ça?

— Mme Labonté est la présidente du club de bridge local. Elle croit dur comme fer qu'il y a quelque chose de malveillant dans ta maison. Mais en même temps, c'est une incorrigible commère. Elle ne pouvait pas s'empêcher d'aller voir de plus près qui étaient ses nouveaux voisins. C'est une redoutable écornifleuse!

— Et vous, vous y croyez, à ces histoires?

— Moi? Ben non! Mais c'est toujours amusant à écouter. Depuis deux ans que je suis derrière ce comptoir tous les jours, j'en ai entendu des vertes et des pas mûres!

— Vous ne venez pas d'ici? demanda Simon.

— Non. J'en avais assez de Montréal et je me cherchais un petit endroit tranquille. Je me suis retrouvé ici et j'ai ouvert le club vidéo.

— Je viens de Montréal, moi aussi.

— Alors, nous serons bons amis! s'exclama la dame. Je m'appelle Valérie, ajouta-t-elle en lui tendant la main.

— Simon. Simon Gagné-Lapointe, répondit-il en acceptant la poignée de main. Dites-moi, on finit par s'habituer à vivre dans un village ?

— Bien sûr. Au début, ça semble ennuyant mais on finit par apprécier la tranquillité et la simplicité. Et il y a des gens intéressants.

— Comme Lucien ? demanda Simon, dégoûté.

— Ah... Tu as fait la connaissance de l'éponge locale... Bof, faut pas t'en faire avec lui. Il jappe fort mais il ne mord pas. Pauvre gars... Au fond, il fait pitié.

— Peut-être, mais comme accueil, j'ai vu mieux.

— Donne-toi une chance. Il faut juste être patient. Tu vas finir par être très heureux ici.

Sceptique, Simon se contenta de faire la moue. La dame prit la boîte du jeu sur le comptoir et l'examina.

— C'est un peu violent, non ? Tes parents sont d'accord pour que tu loues des choses comme ça ?

— Bof... C'est juste un jeu. Ma mère dit qu'elle préfère que je sois à la maison à jouer que de me voir traîner dans les rues.

— Oups ! On dirait que tu t'es mis dans le trouble, mon grand.

— Un peu, ouais..., répondit Simon, mal à l'aise. J'ai fait pas mal de conneries depuis deux ans.

— Mais ça va mieux, maintenant, non ? demanda Valérie en vrillant dans ses yeux un regard inquisiteur. Tu n'as pas l'air bien méchant.

— Ouais. J'y travaille.

73

Changeant de sujet, Valérie reporta son attention sur la boîte du jeu.

– Moi, le sang partout, ça me déplaît, dit-elle en grimaçant. Même quand c'est du sang virtuel. Enfin... Chacun ses goûts. Dans une dizaine de jours, je vais en recevoir deux nouveaux du même genre. Tu veux que je te les réserve ?

– Sûr ! s'exclama Simon. Ce serait cool.

La dame retourna à son clavier et mit une note dans le dossier de Simon.

– Voilà ! Tu seras le premier à les essayer. Et comme tu es un nouveau client, je te les louerai tous les deux pour le prix d'un seul. Je t'appellerai lorsqu'ils seront arrivés et tu n'auras qu'à venir les prendre.

– Super. Merci.

Simon fourra la boîte contenant le disque compact dans la grande poche sur la cuisse de son pantalon et sortit. Le temps était parfait pour le *skate*. Il décida d'en faire un peu avant d'aller jouer. Il s'engagea sur le trottoir le long de la rue Principale et la suivit, zigzaguant avec aisance entre les obstacles – pour la plupart des piétons indignés qui s'écartaient sur son passage pour ne pas être renversés. Après une quinzaine de minutes, il parvint à la hauteur d'une petite halte routière sur le bord du lac qu'il avait vaguement remarquée la veille durant la promenade à vélo.

La fille de tout à l'heure était assise seule sur un banc, toujours aussi jolie. Sa pâleur lui donnait un petit air triste qui la rendait terriblement séduisante. Par terre, à côté d'elle, traînait un *skate*. Simon faillit en perdre l'équilibre. Cette fille le fascinait. Il prit son courage à deux mains et s'approcha.

– Salut.

– Salut, marmonna la fille.

– Tu fais du *skate*, toi aussi ?

– Qu'est-ce que tu en penses ? répondit-elle en jetant un regard ironique vers son engin.

– Je m'appelle Simon. Toi, c'est quoi ?

– Fred.

– Fred…, répéta Simon, incrédule.

– *Frédérique*, soupira-t-elle, exaspérée. Mes parents voulaient une petite fille à froufrous et dentelles… Je préfère Fred.

– Ça fait longtemps que tu fais du *skate* ?

– J'en fais tout le temps.

Simon s'assit à l'autre bout du banc. Discrètement, il admirait le profil de Fred.

– C'est cool, tes piercings, dit-il en désignant son oreille. T'en as combien ?

– Six sur chaque oreille, plus la narine et le nombril, répondit Fred.

Un silence inconfortable s'installa entre les deux. Simon regarda le lac, dont l'eau était parfaitement calme. Il cherchait désespérément quoi dire mais, dans sa tête, c'était le vide le plus complet. Une crampe au cerveau…

– Tu habites ici ? demanda-t-il, en désespoir de cause, en se maudissant de ne rien trouver de mieux qu'une telle banalité.

– Qu'est-ce que tu en penses ? répéta-t-elle.

– Ça fait longtemps ?

Décidément, la conversation ne s'améliorait pas, songea Simon.

— Oui et non, dit Fred en haussant les épaules. J'habitais ici avant. Je viens juste de revenir.

De nouveau, un lourd silence tomba sur eux. Cette fois, ce fut Fred qui parla la première.

— Alors, la maison de la rue Thibault, c'est comment ?

— Vieux, moche, ennuyant, trop chaud la nuit et loin de Montréal. Et il y a des écureuils dans le grenier qui m'empêchent de dormir. À part ça, c'est correct, répondit Simon.

Fred ne dit rien.

— On dirait que tout le monde sait où j'habite, se lamenta Simon.

— Pas tout le monde…

— Mais pourquoi tout le monde capote sur ma maison, comme ça ?

— Elle a une histoire assez *heavy*, répondit simplement Fred.

— Quel genre d'histoire ? s'enquit Simon, un peu inquiet.

Devant le silence de Fred, il insista.

— Je t'ai vue, l'autre soir, devant chez nous. Pourquoi tu observais la maison comme ça ?

— Je fais souvent du *skate* le soir, répondit Fred en haussant les épaules.

— En pleine nuit… C'est spécial.

— Allons faire du *skate*, proposa brusquement Fred.

Elle se leva, prit son *skate* et se mit en route. Ne sachant comment réagir, Simon la suivit.

L'un derrière l'autre, le long de la route qui bordait le lac, ils revinrent vers le village et arpentèrent plusieurs petites rues secondaires que Simon voyait pour la première fois. Fred était si habile qu'elle semblait littéralement glisser dans les airs. Elle zigzaguait avec aisance entre les piétons sans jamais même les effleurer, évitait sans efforts les poubelles publiques, sautait avec assurance par-dessus les nids-de-poule. Et elle le faisait à une vitesse folle, sans jamais perdre l'équilibre. Simon avait peine à la suivre. Et pourtant, il était doué ! Simon avait tant de plaisir qu'il en oublia le malaise qu'il avait éprouvé lors de leur conversation.

Deuxième partie

Détérioration

Chapitre VII

La maison de la folle

LA MAISON était vide. *Elle* était seule. *Elle* détestait être seule. Après la disparition de l'*Autre*, *Elle* avait attendu longtemps, sans compagnie, sans nourriture. *Elle* était en colère. Il ne restait dans la maison qu'une petite présence, primitive. Mais même cette présence pouvait avoir peur. *Elle* projeta sa pensée vers cette présence.

Après quelques heures, ils revinrent sur la rue Principale et, sans avertissement, Fred bifurqua à droite dans un petit chemin. Derrière une rangée d'arbres, sur le bord du lac, se trouvait une petite maison jaune. Sur le balcon, un homme était assis sur une chaise de parterre, cheveux blancs en broussaille, mal rasé, il fixait le lac d'un regard vague, les coudes appuyés sur les genoux.

— Salut *Gramps*! s'écria Fred.

Elle se retourna vers Simon.

— C'est mon grand-père. L'histoire de ta maison, il la connaît par cœur.

– Bonjour monsieur, dit Simon.

– Allô, dit le vieil homme sans enthou-siasme.

Fred sauta en bas de son *skate*, gravit deux à deux les marches de la galerie et alla s'asseoir près de son grand-père.

– Il s'appelle Simon, dit Fred à son grand-père. C'est lui qui habite dans la maison de la folle.

Le vieil homme observa Simon sans rien dire. Mal à l'aise, Simon brisa le silence.

– Je m'appelle Simon Gagné-Lapointe.

– Lapointe… C'est pas ta mère qui vient juste d'acheter la vieille maison sur la rue Thibault ?

– Euh… Ouais, répondit Simon, un peu étonné. Ça a l'air que vous pouvez me raconter l'histoire de ma maison ?

– Ouais. Monte. Je te mangerai pas, dit l'homme en souriant faiblement.

Simon monta sur la galerie. L'homme lui tendit la main.

– Je m'appelle Alfred Deslauriers. Mais tout le monde m'appelle Fred. Assieds-toi.

– Fred ? Vous aussi ? rétorqua Simon, amusé.

Au même moment, la sonnerie du télé-phone retentit à l'intérieur.

– Minute. Je reviens, dit l'homme avant de rentrer dans la maison.

Simon s'assit sur une des chaises. Sous le soleil de juillet, des voiliers glissaient lentement sur le lac. Un peu partout devant les maisons et les chalets, on se baignait allégrement. Fred s'assit près de lui.

– Frédérique Deslauriers, hein ? gloussa Simon, un sourire espiègle sur le visage. C'est mignon comme tout...

Fred grimaça.

– Il a l'air triste, ton grand-père.

– Ouais... Il a beaucoup changé. Avant, il riait tout le temps.

– Qu'est-ce qui lui est arrivé ?

Fred haussa les épaules.

– Je sais pas. Il est juste devenu comme ça.

Chocolat errait dans la maison en miaulant. Les siamois n'aiment pas être seuls et il le laissait savoir bien fort. Il fit piteusement le tour du rez-de-chaussée, à la recherche d'un de ses humains, sans succès. Il monta l'escalier sans cesser son vacarme et se dirigea vers la chambre de sa petite humaine. Elle était toujours là, d'habitude. Mais la chambre était vide. Triste, Chocolat sauta sur le lit et se roula en boule. Il allait dormir et lorsqu'il se réveillerait, elle serait là.

Chocolat somnolait déjà lorsqu'une odeur attira son attention. Une odeur de poisson. Il en oublia aussitôt sa tristesse, et son estomac le prit en charge. Les oreilles dressées par l'expectative, les narines toutes grandes ouvertes, la queue bien droite, il suivit l'aguichante odeur dans l'escalier qui menait au grenier. Chocolat n'aimait pas cet endroit. Il y était venu une seule fois, et l'instinct lui avait fait dresser les poils sur le dos. Il en était reparti aussitôt et n'y était jamais retourné. Mais l'odeur de poisson était irrésistible.

Arrivé dans le grenier, il aperçut, au centre de la pièce, un beau gros poisson bien gras et s'en approcha sans hésiter. Il allait mordre dedans lorsqu'un grondement sourd le figea. Il se retourna. Trois gros molosses aux babines dégoulinantes de bave retroussées sur des crocs menaçants l'encerclaient et s'approchaient lentement. Chocolat était un chat d'intérieur. Il n'avait jamais vu un chien de sa vie. Mais son instinct l'avertissait que ces bêtes étaient dangereuses, qu'elles lui voulaient du mal. Il se recroquevilla, les oreilles collées sur la tête, et cracha de toutes ses forces pour les faire fuir.

Les molosses, nullement impressionnés par ses pitoyables efforts, s'avançaient lentement, et le cercle se refermait autour de Chocolat. Ses narines étaient remplies de l'odeur terrible du danger. Les muscles tendus, Chocolat guettait l'occasion de s'élancer pour s'enfuir. Comme s'il avait lu ses pensées, un des chiens se plaça directement devant la porte et lui bloqua le chemin.

Complètement paniqué, Chocolat se mit à courir à l'aveuglette, longeant les murs à toute vitesse, pendant que les deux autres chiens le poursuivaient en aboyant. Il finit par sauter sur une vieille chaise berçante toute poussiéreuse et se réfugia au sommet du dossier, hors de portée de ses poursuivants qui aboyaient à tue-tête et sautaient pour essayer de l'attraper.

La chaise se mit à bercer. Chocolat tenta bien de garder son équilibre, mais le mouvement de balancier lui fit perdre l'équilibre. Se sentant tomber, il poussa avec ses pattes contre le dossier de la chaise et, avec l'énergie du désespoir, il sauta par-dessus les deux chiens. Profitant de son élan, il fonça droit vers la porte et, feintant à gauche puis à droite, parvint à déjouer le troisième chien qui montait la garde.

Chocolat courut sans s'arrêter jusqu'au rez-de-chaussée et se réfugia sous le sofa du salon, tremblant de peur. Il se remit à miauler, encore plus fort qu'avant. De terreur.

M. Deslauriers ressortit. Il se rassit lourdement sur sa chaise.

— Comme ça, c'est toi qui restes dans la maison des Fortin…, dit-il.

— Raconte-lui l'histoire de la folle, *Gramps*.

— Pourquoi tu t'intéresses à cette histoire-là ? demanda le grand-père.

— Je suis juste curieux, répondit Simon en haussant les épaules.

M. Deslauriers regarda un moment dans le vide en se frottant les joues, ramassant ses souvenirs.

— Ça doit ben faire une cinquantaine d'années de ça. C'était juste après la guerre. Je devais avoir à peu près ton âge. Mais une histoire de même, ça s'oublie pas facilement. Au début, ta maison appartenait au notaire Laprise, qui l'avait fait construire quelques années plus tôt. On n'a jamais trop su pourquoi mais, un bon matin, le notaire a paqueté tout son barda pis il a sacré son camp avec sa famille. On n'a plus jamais entendu parler d'eux autres. La maison a été mise en vente pour pas cher pis, après un bout, elle a été achetée par le docteur Fortin. Il commençait sa carrière, comprends-tu ? Il était ben content de mettre la main sur une maison de même pour des pinottes. Il s'est installé avec sa femme et sa petite fille. Une vraie petite princesse, la petite, toute blonde, avec des belles robes. Ses parents l'adoraient. Au début, tout était normal. Ils allaient à la messe le dimanche, ils se mêlaient aux gens du village, ils souriaient à tout le monde. Du vrai bon monde, les Fortin... Pis là, après une couple de mois, les choses ont commencé à se gâter.

– Comment ça ? demanda Simon, fasciné.

– Juste des petites choses, au début. On voyait de moins en moins les Fortin, pis à un moment donné, on les voyait plus pantoute. Ils restaient enfermés à l'intérieur, les rideaux tirés.

– Et alors ?

– Alors, la femme a fini par retrouver son mari pendu dans la cave.

– Ouache..., fit Simon. Pourquoi il a fait ça ?

– Fouille-moi... On l'a jamais su. Ben entendu, la pauvre femme était complètement défaite. Mais elle s'est accrochée, comme toutes les mères. Il fallait que quelqu'un prenne soin de sa fille. Le pire, c'est que ça finit pas là.

Environ un an après, elle a retrouvé sa petite, morte aussi. Elle avait déboulé l'escalier qui descend du grenier pis elle s'était cassé le cou.

Le grand-père s'arrêta un moment et inspira profondément avant de reprendre son récit.

– Après, ben entendu, la bonne femme a craqué. Elle s'est enfermée dans la maison. Elle a plus jamais mis le pied dehors.

– Jamais ? Même pas pour mettre les vidanges au chemin ?

– Jamais ! Des fois, on la voyait dans la fenêtre… D'autres fois, la nuit, elle criait. Je le sais, je l'ai entendue de mes propres oreilles. Elle hurlait comme un animal blessé jusqu'à temps que la voix lui casse… Ça te fendait le cœur… Finalement, elle est morte voilà trois ans. Y a fallu un bout pour que quelqu'un s'en rende compte.

– Comment ils ont fait si personne ne la voyait ? demanda Simon.

– L'odeur… Y aurait fallu que tu voies la face des ambulanciers qui l'ont sortie, toi… Y étaient blancs comme des draps.

– Qu'est-ce qui est arrivé après ? demanda Simon.

– Elle avait pas d'héritiers, alors c'est le gouvernement qui a vendu la maison. Il a fallu quasiment six mois pour tout nettoyer. Ça a l'air qu'il y avait des vidanges partout pis que la crasse avait un pied d'épais ! T'aurais dû voir tout ce qu'on a sorti. Il a fallu deux camions ! Pis on a repeint pis verni les planchers… Il fallait la retaper pour la vendre.

Simon fit une moue de dégoût. M. Deslauriers le remarqua et s'arrêta.

– Je voulais pas te faire peur, là, le jeune, hein ? dit-il. C'est juste une histoire ben triste... Y s'en passe des dures, des fois.

– Non, non, s'empressa de répondre Simon. Ça fait seulement drôle de savoir que trois personnes sont mortes dans ma maison...

– Des gens, il en meurt dans toutes les maisons, dit-il pensivement. Surtout quand la maison est vieille.

Le regard pensif de l'homme se perdit quelque part sur lac.

– Ouais... Des gens, il en meurt tout le temps... Faut apprendre à vivre avec ça...

Simon se leva.

– Faut que j'y aille, annonça-t-il.

Il descendit l'escalier et se retourna.

– Merci pour l'histoire, monsieur Deslauriers. C'était... intéressant.

– Bye *Gramps* ! dit Fred.

– Pas de problème. Bye... répondit l'homme.

Perdu dans ses pensées, Simon s'éloigna sans rien ajouter, Fred sur ses talons. L'un derrière l'autre, ils parcoururent le chemin vers le centre du village. Simon s'arrêta devant le club vidéo.

– Elle était vraiment dégueulasse, l'histoire de ton grand-père, dit-il en se retournant.

Fred n'était plus là. Cette fille n'était vraiment pas comme les autres... Mais franchement, elle pourrait quand même dire au revoir, songea-t-il, un peu déçu. Simon se remit en route.

❁

Lorsque Simon arriva dans l'entrée, la voiture de sa mère s'y trouvait. Il abandonna son *skate* près de la galerie et entra.

– Allô! cria-t-il.

– Allô! retentit la voix de sa mère en provenance de l'étage.

– Viens voir Bertrand! hurla Camille

Simon monta dans la chambre de sa petite sœur, qui se tenait fièrement devant son aquarium. À l'intérieur, un poisson rouge nageait tranquillement.

– Ben quoi? Il est pareil à l'autre…, remarqua Simon avec indifférence.

– Mais non! s'exclama Camille. Regarde. Il a de petites taches blanches sur le côté.

– Bon… Si tu le dis.

– Et l'aquarium a un couvercle. Comme ça, Chocolat ne pourra pas faire de mal à Bertrand.

Simon se dirigea vers sa chambre. Dans l'embrasure de la porte, il se retourna et interpella sa mère.

– Je peux te parler une seconde?

– Bien sûr.

– Ferme la porte.

– Mais qu'est-ce qu'il y a? Tu as l'air tout drôle.

Simon s'assit sur son lit. Anne vint le rejoindre.

– Tu savais que trois personnes étaient mortes dans notre maison? demanda-t-il à brûle-pourpoint.

– Ben… Oui, répondit sa mère, mal à l'aise. Mais dans une maison de cet âge, c'est normal, tu sais.

– Pourquoi tu ne me l'as pas dit ? s'indigna Simon.

– Je ne croyais pas que c'était important, dit Anne en haussant les épaules. C'était voilà plus d'un demi-siècle. Nous n'allons quand même pas nous mettre à détester notre maison pour ça…

Simon inspira profondément en faisant la moue.

– Je suppose que tu as raison. Mais ça me donne froid dans le dos juste d'y penser.

– Je m'excuse. J'aurais dû te le dire. Je ne voulais juste pas que tu aies une mauvaise opinion de la maison avant même d'arriver.

C'était pas la peine, songea Simon. *Je la déteste*.

Pour changer de sujet, Anne désigna la boîte de jeu vidéo que Simon avait lancée sur le lit.

– Qu'est-ce que tu as là ?

– C'est un nouveau jeu. Je l'ai loué au club vidéo ce matin. Je vais l'essayer ce soir.

– Ça te dérangerait si je jouais avec toi ? Je suis tellement nulle à ces jeux-là. Tu pourrais m'enseigner comment jouer ce soir, lorsque Camille sera au lit.

– Cool. Tu vas être poche…

Ce soir-là, Simon découvrit un côté méconnu de sa mère. Maladroite avec les commandes, elle faisait des gaffes tellement grosses qu'elles en étaient drôles. Chaque fois, elle criait au meurtre avant d'éclater de rire. Une vraie petite fille. Ni l'un ni l'autre ne vit le temps passer. Ils finirent par aller au lit heureux et détendus.

Une demi-heure plus tard, alors qu'il venait de cesser de jouer, sa mère passa la tête dans la porte.

– Tu as vu Chocolat ? demanda-t-elle.

– Non. Pourquoi ?

– Je ne l'ai pas vu depuis que je suis revenue du centre commercial.

– Ce matin, il a essayé de se sauver dehors mais je l'ai attrapé. Il ne serait pas sorti pendant que tu rentrais l'aquarium ?

– Je ne sais pas. Je n'ai rien remarqué. Enfin, ce n'est pas grave. Je vais le chercher.

Anne fit le tour de la maison en appelant Chocolat sans succès. En désespoir de cause, elle finit par s'agenouiller pour regarder sous les meubles. Elle finit par le trouver recroquevillé sous le sofa du salon. Lorsqu'elle tendit la main pour le sortir de là, il recula et se tassa contre le mur. Elle dut déplacer le meuble pour finir par mettre la main sur le siamois. Lorsqu'il fut dans ses bras, elle constata avec étonnement qu'il tremblait.

– Ben voyons…, dit-elle d'une petite voix roucoulante. Qu'est-ce qu'il a, le minou maigre ? Hein ? Qu'est-ce qu'il a ? Quelque chose lui a fait peur ?

Pour toute réponse, Chocolat émit un grondement sourd.

– Allez, monsieur Choco. Viens te coucher avec ta maman.

Blotti dans ses bras, le chat était tout raide. Anne remonta à l'étage et se dirigea vers sa chambre en lui caressant affectueusement le cou. Lorsqu'elle se mit au lit, Chocolat s'enfonça sous les couvertures et se tapit contre ses jambes. Il y resta toute la nuit.

Cap-aux-Esprits, lundi, 4 juillet 2005

Salut Ordi !

Elle s'appelle Fred. Frédérique, pour vrai, mais elle aime pas ça. Fred. C'est cool quand même, pour une fille ! Je vais essayer de la revoir le plus vite possible.

À part Fred, il ne se passe rien de bon. C'était pas assez de venir vivre dans un trou, il fallait que je tombe sur la maison hantée du village. Ça a l'air qu'une famille complète est morte dedans. Tu te rends compte ? J'habite une maison où des gens sont morts. Un pendu, une qui s'est cassé le cou dans l'escalier et une vieille qui est morte folle. Beurk ! Tout le monde me regarde bizarrement : la vieille bonne femme d'en face, l'ivrogne du village, la femme du vidéo, le grand-père de Fred… Non mais ! Ma mère n'aurait pas pu choisir une maison normale, non ?

Pis ça continue à cogner dans le plafond de ma chambre. Si c'était pas que la petite fille est morte dans le grenier, j'irais voir tout de suite ce qui fait tout ce bruit. Mais pas question que je monte là-haut tout seul en pleine nuit. Je préfère endurer le bruit. Pis tant pis si tu me trouves peureux.

S.

Chapitre VIII

Les imprudences de Fred

LES JOURS qui suivirent se déroulèrent dans un tourbillon d'activités tel que Simon en oublia un peu le passé sinistre de sa maison. Une fois que les boîtes furent vidées et leur contenu définitivement rangé dans toutes les pièces, Anne prêta son attention au nettoyage et à l'entretien. Il y avait tant à faire ! Il fallait laver toutes ces fenêtres, passer l'aspirateur partout et nettoyer les murs. À l'extérieur, le gazon devait absolument être coupé, sinon il faudrait bientôt demander à un cultivateur des environs de venir faire les foins ! Il fallait encore songer à la peinture extérieure et s'occuper des réparations de la galerie. Il y avait aussi la grange qui était sens dessus dessous. Et des milliers d'autres petites choses. Sans compter qu'elle devait toujours se trouver un emploi. Juste à y penser, Anne en avait le tournis.

Évidemment, Simon fut conscrit. Sa première mission était de tondre le gazon.

— On n'a même pas de tondeuse, protesta-t-il lorsque sa mère lui annonça la bonne nouvelle.

— Maintenant, si ! répliqua Anne en souriant. J'en ai acheté une tôt ce matin, pendant

que tu ronflais. Tu savais qu'il y a une quin-
caillerie dans le village ? Les propriétaires sont
très gentils. Elle t'attend dans le garage avec un
beau bidon d'essence bien plein, chanceux !

– Maman… *Come on…*

– Allez hop ! On ne rouspète pas. Au
travail ! Et n'oublie pas la crème solaire. Camille
et moi, nous allons laver des fenêtres.

– Je voudrais aller au parc, protesta Camille.

– Eille, la Coquerelle ! s'indigna Simon. Si
je travaille, tu travailles aussi, OK ?

– Simon ! s'écria Anne. Je t'ai dit que je ne
voulais pas que tu appelles ta sœur comme ça !

– Ouais, ouais…

Simon sortit en traînant les pieds, du *heavy
metal* hurlant dans les écouteurs de son bala-
deur numérique. C'était commencé. À partir
d'aujourd'hui, son été ne serait plus qu'une
interminable suite de tâches domestiques, se
dit-il en soupirant. Comme sa mère l'avait
promis, il trouva dans la grange une rutilante
tondeuse verte qui, à sa grande déception,
démarra au premier essai. Simon se mit à pousser le fichu engin sans enthousiasme. Une lisière
à la fois, tout droit, demi-tour, tout droit, demi-
tour… C'était l'ennui le plus complet. Il lui
fallut deux bonnes heures pour régler le cas de
la cour arrière. Lorsqu'il eut terminé, il admira
son travail un moment en s'essuyant le front du
revers de la main. Ça paraissait quand même
mieux, finit-il par admettre.

Il entra dans la cuisine par la porte arrière.

– Alors ? Ça avance ? cria sa mère du salon.

– J'ai fini, répondit-il en prenant une boisson gazeuse dans le réfrigérateur.

– Allez, courage ! Le travail n'a jamais tué personne !

– Non mais ça use, par exemple…, dit-il en avalant de grandes gorgées bien pétillantes.

Simon se dirigea vers le salon. Il venait d'empoigner la télécommande lorsque sa mère l'interrompit.

– Tu fais quoi, là ?

– Ben, tsé… Je vais regarder la télé. Ça se voit, me semble.

– Et le gazon en avant ? Il va se tondre tout seul ?

– Tu me niaises, là…, répliqua Simon en laissant ses épaules s'affaisser.

– Pas du tout. Allez, au travail !

– Ah ! *man*…

Simon retourna à l'extérieur en se plaignant amèrement de la vie en général et de sa nouvelle maison en particulier. Heureusement, la façade était moins grande, mais le gazon paraissait encore plus long qu'en arrière… Il redémarra sa musique *heavy metal*, haussa les épaules et démarra la tondeuse.

Il avait fait quelques longueurs lorsqu'il aperçut Fred de l'autre côté de la rue, un pied sur son *skate*, les bras croisés, toujours de noir vêtue. Elle observait la maison d'un air perplexe. Simon suivit son regard. Elle semblait fascinée par la lucarne. Exactement comme lorsqu'il l'avait aperçue l'autre soir. Simon geignit intérieurement. Voilà que cette fille magnifique

se pointait chez lui et il fallait qu'il soit dégou-
linant de sueur. Pour l'entreprise de séduction, il
faudrait repasser… Il arrêta la tondeuse.

– Allô ! s'écria-t-il par-dessus la haie de
cèdres.

Fred sursauta.

– Viens me jaser un peu, l'encouragea
Simon.

Elle lui fit un mince sourire un peu triste,
ramassa son *skate* et s'engagea dans la rue. Au
même moment, un camion apparut à l'autre
bout. Fred se retourna, l'aperçut et se figea au
milieu de la rue, une étrange expression de
perplexité sur le visage. Le camion s'approchait
rapidement. Le chauffeur ne semblait pas avoir
aperçu Fred. Il filait à vive allure, droit sur elle,
sans même freiner ni klaxonner.

– Attention ! cria Simon. Enlève-toi de là !
Vite !

Le camion n'était plus qu'à quelques
dizaines de mètres de Fred. Prisonnier derrière
la haie de cèdres, Simon était impuissant. Il
regardait la scène se dérouler devant lui, comme
un film au ralenti.

– Fred ! hurla-t-il. Bouge !

Fred écarquilla les yeux comme quelqu'un
qui s'éveille en sursaut. Elle atteignit le trottoir
et vint le rejoindre. Le camion passa tout près
d'elle en soulevant un nuage de poussière et
poursuivit sa route.

– Tu aimes vivre dangereusement toi, dis
donc, remarqua Simon, le cœur battant. Tu
aurais pu te faire tuer.

Elle haussa les épaules avec indifférence.

— Tu viens faire du *skate* ? demanda-t-elle.

— Je peux pas. Le gazon…, geignit Simon. J'aurai terminé plus tard cet après-midi. Je pourrais te rejoindre devant le club vidéo.

— Je serai pas là, répondit Fred en hochant la tête.

— Demain, alors ?

— Il faut que j'y aille.

Elle retraversa la rue sans rien ajouter, s'élança sur son *skate* et s'éloigna. Les bras ballants, Simon la regarda partir en maudissant la tondeuse et tous les autres travaux qui allaient lui gâcher son été, et cette maudite maison, et le village tout entier. Frustré, il redémarra la tondeuse et passa l'heure suivante à la pousser en rageant.

Après un dîner de sandwiches faits à la sauvette que Simon arrosa de deux cannettes de boisson gazeuse et accompagna d'une montagne de croustilles, sa mère lui assigna sa prochaine tâche : balayer l'entrée.

— On n'a même pas de…

— Mais si, nous avons un balai, l'interrompit Anne. Un joli balai tout neuf, gracieuseté des quincailliers locaux ! Il t'attend dans le garage et il a très hâte de faire ta connaissance.

— Non mais ça va-tu jamais finir ? ! explosa Simon. Je vais quand même pas passer tout l'été à torcher la maudite maison, moi !

Il sortit en claquant la porte pendant que sa mère hochait la tête, découragée. Lorsqu'il rentra dans la maison, il était passé trois heures. Il était complètement vidé et d'humeur massacrante. Il trouva Camille et sa mère assises dans le salon, épuisées elles aussi, et couvertes de poussière de la tête aux pieds. Il les regarda à peine, monta directement dans sa chambre et s'y enferma. Il n'en sortit que pour descendre souper et maugréer contre la salade que sa mère avait préparée.

Cap-aux-Esprits, mardi, 5 juillet 2005

Salut Ordi,

Fred est venue me voir d'elle-même. Pis j'ai pas pu aller faire du skate à cause de la //»!&)*??$$$% de pelouse ! Ça fait qu'elle est repartie. Je trouve une fille à mon goût pis je peux pas la voir parce que je tonds le gazon ! Là je suis vraiment en maudit.

S.

Les journées suivantes se déroulèrent au même rythme. À vingt et une heures, chaque soir, toute la famille était au lit, complètement vannée. Et le lendemain, ça recommençait. Anne et Camille terminèrent les fenêtres de l'étage, puis se mirent au lavage des murs et des planchers. Simon passa deux journées entières à gratter la peinture écaillée des galeries. Il y en a, des galeries, se dit-il avec colère : une immense à l'avant, une petite sur le côté et une autre à l'arrière. Il dut ensuite remplacer quelques planches pourries et, comme par miracle, un litre de peinture grise et un gros pinceau firent leur apparition dans la grange. Gracieuseté des intarissables quincailliers locaux… Il passa trois journées complètes juste à les peinturer.

Au milieu de tous ces travaux, Anne s'absenta tôt un matin et revint, rayonnante, un peu avant le dîner. Elle trouva Simon dans la cuisine, en train de se débarbouiller les mains de la peinture qu'il appliquait en bougonnant sur le cadre des fenêtres.

– Je me suis trouvé un emploi, déclara-t-elle avec fierté.

– *Cool.* Où ça ?

– Tout près d'ici, dans une entreprise appelée Techtron. Je ne suis pas certaine d'avoir vraiment compris ce qu'on y fabrique, mais ça a quelque chose à voir avec des machines qu'on intègre à des chaînes de montage.

– Tu vas fabriquer des machines ?

– Grands dieux, non ! Je vais faire exactement ce que je faisais à Montréal : des relations publiques. Par pure coïncidence, le type que je vais remplacer venait juste d'annoncer qu'il quittait. Ça s'est décidé en cinq minutes et le salaire est très correct. Je commence dans une semaine.

Elle le regarda un instant en esquissant une grimace embarrassée.

– Euh… Simon, il faut que je te parle… J'ai une bonne et une un tout petit peu moins bonne nouvelle pour toi…

Cap-aux-Esprits, mercredi, 6 juillet 2005

Salut Ordi,

Aujourd'hui, ma mère avait une bonne pis une mauvaise nouvelle pour moi. La bonne : je serai pas obligé de réparer toute la maison cet été. Ma mère m'a donné un break. J'ai juste à terminer ce que j'ai commencé. Ça, ça veut dire une dernière couche de peinture sur toutes les galeries et autour des fenêtres. Après, c'est fini pour le moment. Au moins, j'aurai pas à peinturer la maison cet été !

La mauvaise nouvelle : à la place, je suis devenu gardienne d'enfants. Ma mère s'est trouvé une job pis je vais être pogné pour m'occuper de la coquerelle jusqu'au début des classes. Je devrais-tu être heureux ou malheureux ? Si au moins ma mère me payait pour garder le petit monstre. Mais non… Paraît que c'est ma contribution à la famille… Ça va m'aider à voir Fred, ça, encore ! Man… C'est vraiment trop vedge.

S.

Simon avait passé tout son dimanche à donner une dernière couche de peinture sur la galerie avant. Il était épuisé mais il n'avait pas sommeil. Il faisait chaud dans la maison et puis, chaque fois qu'il essayait de dormir, les écureuils recommençaient leur tapage. Sa mère lui avait promis qu'elle allait y voir mais, avec son nouvel emploi qui commençait le lendemain, il n'avait pas beaucoup d'espoir pour l'immédiat. Alors, aussi bien profiter de la fraîche. Il devait bien être autour de minuit, mais sa mère dormait depuis longtemps. En fait, c'était tout le village qui était endormi. Seuls les criquets et Simon semblaient trouver à la nuit un certain charme.

Simon était assis au pied de l'escalier, devant la maison, une bouteille de boisson gazeuse dans les mains. Sa vie de gardienne d'enfant débutait officiellement demain... Il se disait qu'au fond, c'était moins pire que de sabler, clouer, scier et peinturer au soleil. Et puis, Camille était quand même amusante, dans son genre. Il l'aimait bien, au fond, même si elle avait parfois le don de l'irriter.

Il jouait distraitement avec la bouteille et observait l'effet que produisait la lumière de la lune dans le liquide foncé lorsqu'un klaxon de camion rompit bruyamment le silence de la nuit et fit sursauter Simon, qui faillit échapper sa bouteille. Il fouilla anxieusement la nuit du regard. La rue était complètement vide. Pas de camion, ni de lumières... Pourtant, il aurait juré qu'il avait entendu un camion. Peut-être qu'il était passé dans une autre rue, plus loin, et que le bruit avait porté loin dans le silence ?

– Tu viens faire du *skate* ?

Il sursauta à nouveau et se retourna vivement. Fred se tenait dans l'entrée, au bout de la galerie.

– Tu m'as fait peur, toi, haleta Simon en portant la main à son cœur qui battait très fort.

– Tu viens faire du *skate* ? répéta Fred.

– Ben voyons… Il est plutôt l'heure d'aller se coucher, tu trouves pas ?

Fred se contenta de hausser les épaules.

– Viens t'asseoir un peu, si tu veux, proposa Simon.

Elle parut hésiter un instant puis s'approcha de l'escalier. Simon se déplaça jusqu'au bout de la marche sur laquelle il était assis pour lui laisser une place. Elle s'installa à l'autre bout. Simon l'observa un moment sans rien dire. Elle était vraiment jolie… Il avait une envie folle de l'embrasser. Il s'approcha et s'arrêta net, les yeux écarquillés.

Même dans la faible lumière de la lune, il pouvait aisément voir qu'elle était amochée. Elle avait une grosse bosse foncée sur le front et un filet de sang coulait lentement sur le côté de son visage.

– Bon Dieu, mais qu'est-ce qui t'est arrivé ?

– J'ai eu un accident. C'est pas grave.

– T'es sûre ? insista Simon avec inquiétude.

– Oui. Ça fait presque plus mal.

– OK…

– Tu viens faire du *skate* ? redemanda-t-elle.

– T'es pas en état de faire du *skate*, voyons ! s'écria Simon. Regarde-toi !

– Bon. Comme tu veux.

Elle se leva et s'éloigna, son *skate* sous le bras. En arrivant à la rue, elle se retourna vers lui.

– Demain ? suggéra-t-elle.

– Demain ? Il faut que je m'occupe de ma sœur, mais on pourrait se retrouver au parc, si tu veux.

– OK.

Sans rien ajouter, elle monta sur son *skate* et s'élança sur le trottoir. Incrédule, Simon se leva en hochant la tête. Cette fille n'avait vraiment rien d'ordinaire. Elle était merveilleusement différente. Il se leva à son tour et rentra par la porte de côté. Il était temps de se coucher. Il n'aurait même pas le temps d'allumer son ordinateur. Demain, il devenait officiellement gardienne d'enfants…

❀

Le lundi matin fatidique, Anne était dans la porte, prête à partir pour son nouvel emploi. Elle défilait une interminable liste de directives.

– Assure-toi que Camille ne fait rien de dangereux. Tu pourrais l'amener au parc. Ce serait bien si elle rencontrait d'autres enfants de son âge. Pour ce midi, j'ai dégelé un macaroni. Il est dans le réfrigérateur. Tu n'auras qu'à mettre deux portions dans le four micro-ondes. Et il y a un lavage de couleurs à faire dans la cave. Ne touche pas au blanc. Je le ferai moi-même. S'il y

a quoi que ce soit, j'ai laissé le numéro de téléphone de Techtron sur le réfrigérateur. Et…

– *Come on*, maman, interrompit Simon avec
impatience. Je suis pas stupide.

Anne soupira. Elle s'approcha de son fils et
lui caressa la joue. Avec nostalgie, elle remarqua
qu'il commençait à avoir de la barbe.

– Tu as raison. Je m'excuse. Il faut que
j'apprenne à te faire davantage confiance. Je suis
juste un peu nerveuse.

– Ah! maman… Va-t'en, là. Le feu ne prendra pas pis la maison ne sera pas écrasée par une
météorite non plus. Pis si jamais des extra-
terrestres atterrissent en arrière, je t'appelle
immédiatement, c'est promis.

– Bon, bon, ricana Anne. Bonne journée,
mon grand.

Camille surgit dans la cuisine, les bras
grands ouverts.

– Bye-bye, maman!

Anne la reçut dans ses bras, la souleva et lui
donna un gros baiser sur la joue.

– Bye, ma belle chouette. Sois sage. Je
t'aime.

– Je t'aime aussi.

Elle posa Camille et sortit. Il était huit
heures trente. Elle n'avait que dix minutes à
marcher mais comme il s'agissait de sa première
journée, elle préférait être un peu en avance.

Chapitre IX

Les profondeurs de la cave

Devant la machine à laver, Simon se grattait la tête, perplexe. Devait-il mettre le savon avant ou après le linge ? Et l'eau ? Fallait-il qu'elle soit chaude, tiède ou froide ? Il s'en voulait un peu de ne pas avoir écouté plus attentivement ce que sa mère lui avait expliqué la veille. Impuissant, il haussa les épaules, jeta le savon dans le jet d'eau tiède, y fourra une brassée de linge sale et referma le couvercle de la machine. Ça finirait bien par laver. Ensuite, il amènerait Camille au parc et il trouverait le moyen d'aller au club vidéo chercher les jeux que Valérie avait réservés pour lui.

De son pas traînant, Simon remonta l'escalier et éteignit la lumière. Il allait refermer la porte lorsqu'un grincement se fit entendre derrière lui. C'était le même bruit que toute la famille avait entendu le soir du déménagement. Il se retourna et tendit l'oreille. Le grincement retentit à nouveau, plus fort cette fois. Intrigué, Simon ralluma la lumière, redescendit dans la cave. Il arrêta la machine à laver. Peut-être qu'elle était endommagée, se dit-il.

Immobile au milieu de la pièce, Simon tendit l'oreille. Le bruit résonna encore. Devant lui se trouvait un amas de boîtes empilées dans un coin par les déménageurs. Certaines étaient vides et avaient été conservées au cas où elles seraient utiles et d'autres contenaient des choses qui ne servaient pas pour le moment. Le bruit provenait de cette direction.

Simon s'approcha et étira le cou pour voir derrière les boîtes mais sans succès. Curieux, il se mit à les déplacer. Au bout de quelques minutes, il avait dégagé le plus gros de l'espace. Devant lui, sur le sol de béton un peu craquelé par les années, se trouvait un couvercle de métal massif qui devait bien avoir trois centimètres d'épaisseur, sur lequel se trouvait un gros anneau. Il était fixé au plancher par des pentures et un levier bien ancré dans des équerres de métal qui le tenaient solidement fermé. Il s'approcha, s'accroupit et l'examina. Sa surface était piquée par la rouille. De toute évidence, il était très vieux.

Tout à coup, le couvercle se souleva de quelques millimètres et émit le même grincement désagréable. Simon sursauta et recula. Il s'approcha craintivement, saisit le levier à deux mains et essaya de le faire pivoter. La rouille le maintenait solidement en place. Il s'assit et lui donna quelques coups de talon puis réessaya. Le levier se déplaça en protestant. Simon empoigna l'anneau et tira. Le couvercle se souleva de quelques centimètres. Simon banda tous ses muscles et tira de nouveau. Le couvercle pivota sur ses pentures et retomba de l'autre côté en projetant tout autour un épais nuage de poussière. En toussant, Simon se pencha pour regarder ce qu'il y avait en dessous.

Dans le plancher se trouvait une ouverture carrée d'environ cinquante centimètres de côté. Une épouvantable puanteur envahit aussitôt la cave. Simon se pencha au-dessus de l'ouverture et essaya de voir à l'intérieur, mais tout était complètement noir. Ça semblait très profond. Curieux, il décida d'examiner sa découverte de plus près.

Il remonta dans la cuisine, trouva la lampe de poche dans l'armoire près du réfrigérateur, l'alluma pour vérifier que les piles étaient bien chargées et redescendit. La puanteur était encore pire. Il plissa le nez de dégoût et un haut-le-cœur lui monta dans la gorge. En se faisant violence, il s'agenouilla près de l'ouverture et éclaira l'intérieur avec la lampe de poche. Il n'arrivait toujours pas à voir le fond.

Sa curiosité fut plus forte que l'odeur. Il passa la tête puis le torse dans l'ouverture et, le bras tendu devant lui, pointa la lampe de poche. Mais, même si la lumière se rendait un peu plus loin, il restait impossible d'apercevoir le fond. Il allait s'extirper du puits lorsqu'il décela un léger mouvement. Au fond, juste à la limite du rayon de lumière, une substance sombre semblait rouler lentement sur elle-même. De l'eau ? De la vapeur ? De la fumée ? Simon n'aurait pu le dire avec certitude, mais le mouvement, lui, était clair. Il y avait quelque chose au fond du puits. Il examina un moment le phénomène, perplexe.

Pendant qu'il réfléchissait dans son inconfortable position, le sol vibra légèrement. Au fond du puits, le mouvement s'accéléra et l'étrange substance remonta vers l'ouverture. La tête de Simon se mit tout à coup à tourner. La puanteur augmenta jusqu'à l'étouffer. Elle envahit ses narines et sa bouche, lui fit venir les larmes aux yeux. Un goût âcre lui remonta dans la gorge et il ravala avec dégoût. Simon manquait d'air et paniquait. Du fond du puits, la substance sombre remontait toujours et lui paraissait de plus en plus menaçante. Elle produisait un grondement sourd qui augmentait en intensité. Simon échappa la lampe de poche et la vit tournoyer et devenir de plus en petite jusqu'à ce qu'elle disparaisse, la lumière avalée par ce qui bouillonnait au fond. Il s'accrocha tant bien que mal au bord de l'ouverture pour essayer de sortir du puits, mais plus il faisait d'efforts, plus il avait l'impression d'être tiré vers le fond, aspiré par une force inconnue.

Puis tout cessa brusquement. Simon reprit contact avec la réalité. Il avait le haut du corps dans le puits, et la puanteur était telle qu'il en perdait presque connaissance. Il fit un titanesque effort et réussit à se hisser hors du puits. Haletant, il resta allongé un moment sur le sol froid, désorienté et terrorisé. Il referma brusquement le lourd couvercle de métal et replaça le levier.

Il passa ses mains dans ses cheveux pour en retirer les toiles d'araignée et la poussière qui s'y étaient accumulées tout en jetant vers le puits un regard méfiant. Il épousseta ses vêtements, inspira profondément et remonta au rez-de-chaussée.

❁

L'*Autre* s'était approché si près qu'*Elle* avait pu sentir les pulsions animales de sa vie, si riches, si pleines de vitalité. *Elle* avait touché ses souvenirs, son essence, ce qui faisait de l'*Autre* ce qu'il était. *Elle* avait senti sa dépendance encore récente à la drogue, sa grande solitude, sa difficulté à communiquer, sa fragilité. L'*Autre* était malheureux et insatisfait. L'*Autre* était parfait. Il durerait longtemps. Il lui apporterait ce dont *Elle* avait besoin pendant longtemps. *Elle* explorerait toutes les formes de sa peur, le mènerait dans les tréfonds les plus noirs du désespoir.

Mais en attendant, *Elle* avait faim. Terriblement faim. Les proies étaient de plus en plus isolées les unes des autres. L'occasion était parfaite pour resserrer le filet qu'*Elle* avait commencé à tisser.

❁

Appuyé contre le comptoir de la cuisine, Simon buvait une boisson gazeuse et tentait de comprendre ce qui venait de se passer. Il s'agissait certainement d'un courant d'air qui lui avait joué un tour, se dit-il sans vraiment y croire. Il avait été imprudent de s'enfoncer ainsi dans une ouverture inconnue. Il faudrait suggérer à sa mère de faire venir un spécialiste. Ce puits était dangereux.

Il avala une grande gorgée et laissa échapper un profond soupir. Au même instant, Camille l'appela.

– Simon ! Viens vite !

Simon secoua la tête pour en chasser la confusion qu'il éprouvait encore. Il ne devait pas oublier qu'il était responsable de sa sœur. Lorsqu'il arriva dans la chambre de Camille, il trouva la petite les yeux écarquillés, qui regardait vers la fenêtre.

– Qu'est-ce qu'il y a ? demanda-t-il avec plus de calme qu'il n'en ressentait réellement.

– C'est Chocolat. Je pense qu'il est malade.

– Choco ? Où il est ?

Avant que Camille ne puisse répondre, le chat surgit de sous son lit et se lança de toutes ses forces contre la fenêtre en miaulant à fendre l'âme. Simon se précipita vers lui.

– Eille ! Minou ! Arrête ça. Tu vas te faire mal ! s'écria Simon en se précipitant vers lui.

Il réussit à saisir Chocolat avant qu'il ne se lance à nouveau contre la fenêtre. Le chat se débattit en crachant, les oreilles contre la tête, les pupilles dilatées, toutes griffes sorties. Simon le serra fort dans ses bras pour l'immobiliser.

– Mais qu'est-ce que t'as ? susurra-t-il. Tu es devenu fou ou quoi ? Calme-toi, Choco.

Dans les bras de Simon, Chocolat tremblait comme une feuille en produisant des grondements sourds. Simon maintint son étreinte tout en lui grattant la tête du bout des doigts.

— Il fait ça depuis tantôt, dit Camille, qui n'avait pas bougé.

— Il a eu peur de quelque chose ? demanda Simon.

L'air toujours ébahi, Camille haussa les épaules.

— Non. J'étais sur mon lit avec lui en train de regarder un livre. Il s'est redressé tout d'un coup et il a commencé à gronder. Puis il s'est lancé dans la fenêtre.

— Ça fait longtemps qu'il a commencé ?

— Assez. Je t'appelais mais tu répondais pas… J'avais peur.

— J'étais…

Simon s'interrompit un instant.

— … dans la cave.

Camille s'approcha et mit craintivement sa petite main sur la tête du siamois, qui se laissa faire.

— Il va être correct, Chocolat, hein ? demanda-t-elle, l'angoisse dans la voix.

— Oui. Tu vois ? Il se calme déjà.

Après quelques minutes de caresses, Simon posa doucement Chocolat sur le lit. Le siamois prit aussitôt ses pattes à son cou et sortit de la chambre à toute vitesse.

Simon consulta sa montre.

— Onze heures trente. Viens manger. Après le dîner, ça a l'air qu'il faut que je t'emmène au parc.

✿

Simon et Camille se rendirent au parc à pied en transportant les chaudières et les pelles avec lesquelles Camille prévoyait construire un château de sable. Simon referma la porte de la clôture de grillage qui encerclait le parc. Aussitôt arrivée, Camille se dirigea d'un pas déterminé vers le carré de sable. Une autre petite fille s'y trouvait déjà, un joli chapeau mou sur la tête, tout près d'une dame qui devait être sa mère. Elle regarda Camille s'approcher et l'accueillit avec un grand sourire. Une minute plus tard, les deux fillettes étaient les meilleures amies du monde et s'affairaient à ériger un château de princesse.

Anxieux, Simon espérait que Fred viendrait le rejoindre comme elle l'avait promis. Sinon, ça lui ferait des heures à tuer avant de retourner à la maison. Sans absolument rien à faire. Il s'assit sur un banc près de l'entrée du parc. De là, il pourrait surveiller sa petite sœur et voir en même temps ce qui se passait dans la rue. En soupirant, il sortit son *Gameboy* et se résigna à jouer à un vieux jeu qui ne l'intéressait plus depuis au moins six mois.

Simon avait de la difficulté à maintenir son attention sur son jeu. Il était préoccupé par ce qui était arrivé dans la cave et essayait de comprendre. Au fond de lui, il avait un peu peur, mais refusait de l'admettre.

— Salut, dit une voix familière derrière lui. Tu viens faire du *skate* ?

Simon se retourna. Fred se tenait devant la porte du parc.

— Je ne t'ai même pas entendu ouvrir la porte, s'exclama-t-il, surpris.

Fred haussa les épaules sans rien dire. Elle déposa son *skate* dans l'herbe et se laissa choir à l'autre extrémité du banc.

— Je suis content que tu sois venue, dit Simon en souriant.

— Moi aussi. Parfois, c'est difficile, répondit-elle.

— Comment ça?

— C'est juste difficile, hésita-t-elle.

Simon l'observa. Les blessures de Fred, qui lui avaient semblé si graves la veille au soir, paraissaient moins pires en pleine lumière. Mais Fred, elle, était encore plus pâle que d'habitude.

— T'as pas l'air bien du tout, remarqua Simon. Peut-être que tu t'es fait plus mal que tu ne le crois en tombant hier.

— J'ai froid, dit-elle en se frottant les bras avec ses mains.

Elle regardait les deux petites qui jouaient dans le sable. Un mince sourire triste traversa son visage.

— Qu'est-ce qui te fait sourire? demanda Simon.

— Mon grand-père m'amenait souvent ici quand j'étais petite, murmura Fred, nostalgique.

— Et tes parents, eux?

— Ils sont morts quand j'étais bébé. Un accident de voiture. C'est *Gramps* qui m'a élevée.

– Mon père est mort aussi, dit Simon. Ça fait deux ans. Crise cardiaque à quarante-deux ans...

Pendant un moment, Fred demeura songeuse.

– Je me demande ce que ça fait d'être mort..., dit-elle, songeuse.

– Ben... Je sais pas. Je ne me suis jamais posé la question, répondit Simon, perplexe. Pourquoi tu penses à des choses comme ça?

– Je sais pas, dit-elle en faisant la moue. Des fois ça me travaille.

Elle se mit à grelotter et se leva brusquement.

– Il faut que j'y aille.

– Veux-tu que je te reconduise? Je vais juste appeler Camille et...

– Non. Ça va aller.

Elle ramassa vite son *skate* et se dirigea vers la porte du parc. Au même moment, Camille interpella Simon.

– À qui tu parles?

– À mon amie Fred, dit Simon.

– Elle est où?

– Ben, là...

Simon se retourna. Fred était déjà partie. Simon passa le reste de l'après-midi à jouer à un vieux jeu sur son *Game Boy,* tout en s'inquiétant. Il ne connaissait même pas le numéro de téléphone de Fred. Il aurait aimé savoir si elle allait mieux.

❀

Ce soir-là, Anne revint du travail complètement vannée. Lorsqu'elle franchit la porte, Simon était devant le comptoir de la cuisine, en train de préparer des frites.

— Simon ! s'écria-t-elle, horrifiée, en apercevant la friteuse remplie d'huile bouillante. Tu sais bien que je ne veux pas que tu utilises la friteuse quand je ne suis pas là !

— *Come on*, geignit Simon. Je suis plus un bébé, *man*…

— Simon ! Le sujet n'est pas ouvert à la discussion. C'est ça et c'est final !

— *Fine !* explosa Simon. Fais-les toi-même, les maudites frites !

Il sortit de la cuisine en trombe et laissa sa mère préparer le souper. Lorsqu'il revint, il s'était suffisamment calmé pour raconter à sa mère les événements du matin.

— Tu savais qu'on avait un puits dans la cave ? demanda-t-il, hésitant, entre deux gorgées de boisson gazeuse.

— Un puits ? Non. Ce n'était pas précisé dans la fiche de l'agent immobilier. Tu l'as trouvé comment ?

— Ce matin, en faisant le lavage. C'était ça qui faisait le drôle de bruit, le soir du déménagement. Tu te souviens ?

— Oui, le fameux bruit dont je n'ai pas trouvé la source… Hmmm… J'imagine que la maison a été construite avant que le village ait l'eau courante. Il y a encore de l'eau dedans ?

– On dirait. Ça bouillonnait au fond, mais je ne suis pas parvenu à bien voir. J'y ai même échappé la lampe de poche.

– Mon Dieu ! s'exclama Anne en portant la main à sa bouche. Tu n'as rien fait de dangereux, quand même ?

– Ben… Non. Pas vraiment. J'essayais de voir au fond et j'ai fait un faux mouvement. La lampe de poche m'a glissé des doigts. J'ai failli glisser. J'ai eu un peu peur…

– Seigneur… Mon petit garçon.

– Relaxe. Je suis correct.

– Tu l'as bien refermé, au moins ? S'il fallait que Camille tombe dedans.

– T'en fais pas pour ça. Un éléphant ne passerait pas dans ce trou, je te l'assure. Je l'ai bien refermé. Heureusement, d'ailleurs, parce que ça pue en grand, là-dedans. C'est vraiment dégueulasse. Un mélange de viande pourrie et de vieilles ordures.

– Je vais trouver quelqu'un pour examiner ça le plus tôt possible, déclara Anne. Peut-être qu'il faudra le condamner.

De l'étage provint le bruit de petits pieds qui accouraient. Camille fit irruption dans la cuisine, un large sourire sur le visage. Elle ouvrit tout grands les bras et s'élança vers sa mère, qui l'attrapa au vol.

– Maman, maman ! Je me suis fait une amie au parc. Elle s'appelle Élodie. Elle est super gentille. Elle m'a invitée à jouer chez elle demain !

– C'est super, ça ! s'exclama Anne. Elle habite où ?

Camille tendit à sa mère un papier tout chiffonné.

— Sa maman a tout écrit là-dessus. Elle voudrait que tu l'appelles ce soir.

— Je vais le faire après le souper. Promis.

Anne était ravie. Toute la famille semblait bien s'adapter à sa nouvelle vie. Camille avait une amie. Sa première au village. Simon, lui, mentionnait de temps à autre cette Fred, qu'Anne était très curieuse de connaître. Mais Simon, c'était Simon. Il était d'un naturel secret. Il la lui présenterait lorsqu'il en aurait le goût. Pas avant. En attendant, il avait déjà beaucoup changé. Pour le mieux.

Cap-aux-Esprits, lundi, 11 juillet 2005

Allô Ordi,

Ce matin, j'ai trouvé un vieux puits dans la cave pis je l'ai ouvert. On aurait dit qu'il y avait quelque chose qui bougeait au fond. Man ! Ça puait ! C'était dégueu ! Je me suis mis la tête dedans pour voir pis tout d'un coup, j'ai été comme aspiré. Pendant une seconde, j'ai cru que je me retrouverais au fond. Mais j'ai réussi à sortir. Je peux te le dire à toi : j'ai eu la chienne. Je me dis que c'était juste un courant d'air mais c'était bizarre. J'avais l'impression que quelque chose me tirait vers le fond. J'ai pas aimé ça. Pas pantoute.

Tu peux rire de moi si tu veux, mais je ne retournerai pas de sitôt tout seul dans la cave. Maman parle de le faire condamner. Je vais mélanger le béton moi-même si elle veut !

S.

Chapitre X

Séjour au grenier

LE LENDEMAIN MATIN, avant de partir, Anne embrassa Camille et laissa à Simon l'habituelle et interminable liste de directives. Elle allait franchir la porte lorsqu'elle s'arrêta brusquement et se retourna.

— J'allais oublier. Tu sais, la grosse malle pleine de vêtements d'hiver qui est au pied de mon lit ? Elle est terriblement lourde et ça fait bien une semaine que je veux te demander de la monter au grenier. Tu crois que tu serais capable ?

— Ben tsé... Oui, genre, répondit Simon avec ironie.

— Profites-en donc pour vérifier s'il y a des trous, suggéra Anne. Les écureuils qui te dérangent la nuit doivent bien entrer par quelque part. Si tu ne trouves rien, je ferai venir un exterminateur. Et merci beaucoup, Monsieur Muscles !

— Ah ! maman...

Anne sortit. Vers neuf heures, Camille se pointa dans la cuisine, l'air enjoué, avec un sac à dos débordant de jouets et de poupées. Comme convenu entre les deux mamans, elle allait passer la journée chez sa nouvelle amie Élodie.

— Je suis prête, s'exclama-t-elle, le regard brillant.

Ils prirent leur vélo dans la grange et se rendirent à la maison de son amie. Les deux petites disparurent aussitôt à l'intérieur.

— Je la ramènerai moi-même avant le souper, d'accord ? proposa la mère d'Élodie. Ça me fera du bien de prendre l'air à vélo.

— Vous êtes certaine que ça ne vous dérange pas ? insista Simon. Je peux repasser.

— Non. Vraiment, ça me fait plaisir.

— Bon. OK. Merci.

Il prit le chemin du retour. Il aimait bien l'idée de passer la journée seul, sans sa sœur dans les jambes. Le moment était idéal pour voir Fred, surtout qu'il s'inquiétait encore de sa santé. Il fit un détour par la rue Principale, puis alla virer jusqu'à la petite halte routière, près du lac, en espérant l'apercevoir. Mais il ne la vit nulle part. Déçu, il retourna chez lui.

Une fois à la maison, Simon se dirigea vers la chambre de sa mère et examina la malle qu'il devait monter au grenier. Il s'approcha et la testa. Elle était lourde mais il était hors de question d'admettre qu'il était incapable de la monter. S'il le fallait, il en aurait une hernie, mais il allait le faire !

Il gravit l'escalier qui menait au grenier, ouvrit la trappe et tendit le cou à l'intérieur. La lumière du soleil qui pénétrait par la lucarne éclairait la poussière en suspension. Simon frémit et chassa de ses pensées l'idée de la petite fille qui était morte dans l'escalier. Il monta, trouva l'interrupteur, alluma puis redescendit. Il empoigna la malle par les sangles de cuir qui lui tenaient lieu de poignées et, en grognant, la souleva jusqu'à sa taille. Il gravit les marches de l'escalier en ployant sous l'effort, la posa sur le plancher du grenier puis la poussa contre un mur.

Essoufflé, Simon posa ses mains sur ses hanches, secoua la tête pour renvoyer sa queue de cheval vers l'arrière et examina les alentours en reprenant son souffle. La pièce était pratiquement vide. À part la malle, il y avait les quelques boîtes que les déménageurs avaient déposées et une vieille chaise berçante qui semblait se trouver là depuis un siècle. Dans les coins pendaient des toiles d'araignées qui devaient bien avoir cent ans si l'on se fiait à leur taille. Une épaisse couche de poussière recouvrait le plancher, les murs et les fenêtres. Déjà, la poussière qu'il avait déplacée lui piquait le nez et il se pinça les narines pour ne pas éternuer.

Maintenant, les écureuils… Il fit le tour de la pièce en examinant le bas des murs, sans succès. Il leva la tête et observa la structure : les solives massives soutenaient les planches sur lesquelles était posé le bardeau d'asphalte à l'extérieur. S'il y avait eu une ouverture, elle aurait laissé passer la lumière, se dit-il. Mais il ne trouva rien. Tout ce boucan venait tout de même de quelque part.

Son attention fut attirée par un petit coffre en bois verni qui traînait dans un coin. Curieux, Simon s'agenouilla et l'épousseta. Il ouvrit le couvercle et sortit un vieil album de photographies qu'il feuilleta. Il en trouva quelques-unes en noir et blanc un peu délavées. L'une d'elles montrait un homme en élégant complet trois pièces, droit comme un chêne mais souriant derrière sa fine moustache cirée. Assise devant lui se trouvait une jeune femme vêtue d'une jolie robe plissée serrée à la taille, l'air épanoui et serein, les cheveux élégamment frisés sur le côté. L'homme posait sur ses épaules des mains à la fois affectueuses et protectrices. Sur les genoux de la femme était assise une petite fille de quatre ou cinq ans, portant une belle robe bordée de dentelle, les pieds chaussés de petites bottines de cuir, de jolis bas de soie et une grosse boucle dans ses cheveux blonds. La photo d'une famille heureuse, songea Simon. Comme la sienne avant la mort de son père.

La photographie était retenue à la page de gros carton noir par quatre petits coins de papier qui y avaient été collés. Simon la retira délicatement et la retourna. À l'arrière, quelqu'un avait inscrit une note d'une main élégante. La dame, sans doute :

Dr. Eusèbe, Marguerite et Claire Fortin
Mai 1946

La famille Fortin. Simon déglutit. Ces gens étaient tous morts… Eusèbe s'était pendu dans la cave, Claire était tombée dans l'escalier et Marguerite leur avait survécu presque soixante ans avant de mourir folle. Le seul fait de pouvoir mettre des visages sur cette sombre histoire la rendait infiniment plus triste... Quel gâchis ! Quel affreux gâchis !

Depuis que M. Deslauriers lui avait raconté ce qui s'était passé dans la maison, il avait essayé de ne pas trop y songer. Il déglutit et jeta un regard dans l'escalier. Il imaginait une toute petite fille rebondir en criant sur les marches étroites jusqu'en bas puis ne plus se relever. Mais tout ça s'était passé voilà très longtemps, raisonna-t-il. Ce n'était qu'un accident malheureux. Et pourtant, il était perplexe. Comment la petite avait-elle pu tomber dans l'escalier ? Avait-elle trébuché sur quelque chose ? Sa mère, folle de douleur après le suicide de son mari, l'avait-elle poussée ? Personne ne le saurait jamais.

Dans la tête de Simon, des voix se superposaient. *Elle a retrouvé sa petite morte aussi. Elle avait déboulé l'escalier qui descend du grenier pis elle s'était cassé le cou*, disait celle de M. Deslauriers. *Il y a une petite fille en haut. La petite fille. Elle était dans ma chambre*, disait celle de Camille. *Il paraît qu'elle est hantée*, disait celle de Valérie en parlant de la maison. Claire... Un frisson lui parcourut le dos.

Simon replaça la photographie dans l'album qu'il déposa respectueusement par terre. Il sortit du coffre un vieux livre de rendez-vous, un stéthoscope qui avait sans doute appartenu au docteur Fortin, une brosse à cheveux au joli manche de nacre et deux alliances en or. On aurait dit que la folle – *la dame*, se corrigea-t-il mentalement – avait placé dans ce coffre le peu qui la reliait à un passé heureux. Comme si elle avait voulu s'assurer qu'il subsiste d'elle une trace, si modeste soit-elle, de ce qu'elle avait été avant d'être « la folle ».

Au fond, trois poupées avaient été placées sur le dos. Simon les prit. Elles appartenaient sans doute à la petite Claire. Même un peu défraîchies, il était évident qu'elles étaient d'excellente qualité. On n'en faisait plus des comme ça, de nos jours. À l'époque, elles avaient dû coûter une fortune. Mais Simon soupçonnait que, pour les Fortin, il n'y avait rien de trop beau pour Claire. Il l'imaginait aisément en train de jouer avec ces poupées en chantonnant. Dans sa tête, sans qu'il ne s'en rende compte, une petite voix cristalline commença à fredonner tristement.

> *Près de la fontaine*
> *Un oiseau chantait*
> *Un oiseau, à la volette*
> *Un oiseau, à la volette*
> *Un oiseau chantait.*
>
> *J'ai couru l'entendre*
> *Il m'a fait pleurer*
> *Il m'a fait, à la volette*
> *Il m'a fait, à la volette*
> *Il m'a fait pleurer*

Les têtes des poupées étaient en porcelaine et leurs yeux se fermaient lorsqu'on les penchait. Leurs cheveux étaient encore soyeux. Elles portaient de jolies robes anciennes et des chapeaux. L'une d'elles avait dans la main une petite ombrelle en dentelle. Dans la tête de Simon, la voix de la fillette enflait.

> *Ses petits, rebelles*
> *Voulaient le quitter*
> *Voulaient le, à la volette*
> *Voulaient le, à la volette*
> *Voulaient le quitter.*

Simon caressait distraitement les cheveux d'une des poupées, complètement absorbé. La chanson qu'il entendait allait si bien avec les poupées. Claire avait dû la fredonner souvent en jouant.

> *Et la pauvre bête*
> *Leur disait « restez »*
> *Leur disait, à la volette*
> *Leur disait, à la volette*
> *Leur disait « restez ».*

Dans un état second, Simon se retourna comme un automate. Claire était assise au milieu du grenier, ses poupées étendues autour d'elle. Sa chansonnette s'intensifiait et devenait pressante. Un écho lointain qui lui donnait une sonorité lugubre.

Le temps devient sombre
Vous serez mouillés
Vous serez, à la volette
Vous serez, à la volette
Vous serez mouillés.

Simon se sentait parfaitement calme. Il lui paraissait absolument normal qu'une fillette morte voilà presque un demi-siècle se trouve devant lui. Fasciné, il l'écoutait chanter en souriant.

La chose vous guette
Vous serez poussés
Vous serez, à la volette
Vous serez, à la volette
Vous serez poussés

Claire déposa ses poupées sur le sol et se leva. Sa tête, que son cou brisé depuis si longtemps ne pouvait plus supporter, tomba brusquement sur le côté et resta là, à un angle grotesque. Elle fit à Simon un sourire où se mêlaient la tristesse et une indéfinissable cruauté, puis se dirigea lentement vers l'escalier, le bruit de ses pas résonnant de manière sinistre dans la pièce.

Vous allez tomber
Dans l'escalier
Vous allez, à la volette
Vous allez, à la volette
Vous allez tomber

Et vous aurez
Le cou brisé
Vous aurez, à la volette
Vous aurez, à la volette
Le cou CASSÉ !

La petite se jeta tête première dans l'escalier. Au son du petit corps qui rebondissait douloureusement sur les marches, Simon reprit contact avec la réalité. Ahuri, il se précipita vers l'escalier. Rien. Il était vide.

Le souffle court, il fit le tour de la pièce du regard. Vide, elle aussi. Tout était tranquille et silencieux. Sur le plancher, seules ses traces de pas paraissaient dans la poussière. Les poupées étaient là où il les avait laissées, près du coffre.

Une sueur froide lui coulait entre les omoplates et mouillait ses aisselles. Il se frotta le visage et s'appuya le dos au mur. Il prit quelques profondes inspirations pour se calmer. Il devait sortir d'ici. Il ramassa avec empressement les objets et les remit dans la boîte, puis éteignit la lumière et se dirigea vers la trappe. Il la referma au-dessus de sa tête, mit le loquet en place et redescendit les marches quatre à quatre jusqu'à la cuisine.

Dans le grenier, la chaise berçait toute seule.

Appuyé contre le comptoir de la cuisine, Simon, encore ébranlé, observait ses mains qui tremblaient légèrement. Il se sentait un peu ridicule. Son imagination lui jouait des tours. Ça devait être ça. Toutes ces histoires au sujet de la maison l'avaient affecté plus qu'il ne le croyait.

Ayant dû reconduire Camille chez son amie et déplacer la malle, il n'avait pas encore déjeuné. Il décida de se faire quelques rôties. Distraitement, il consulta sa montre et s'arrêta net, abasourdi. Il était presque treize heures. Il en avait passé presque trois dans le grenier. Comment cela était-il possible ? Immobile, la main sur la poignée du réfrigérateur, il essayait de réconcilier ses perceptions de la réalité. Il perdait la tête ou quoi ? Et s'il avait réellement vu cette petite fille ? Et si c'était Claire qui courait la nuit sur le plafond de sa chambre ? Non. Il devait y avoir une explication logique. Peut-être qu'il n'avait simplement pas fait attention à l'heure, ou qu'il avait reconduit Camille plus tard qu'il ne le pensait.

Un mouvement soudain dans la porte du côté le fit se retourner. À travers la moustiquaire, Fred le regardait. Simon eut l'impression que son cœur faisait un saut périlleux arrière avec salto groupé dans sa poitrine. Il en oublia un peu l'émoi suscité par sa visite au grenier.

— Salut ! s'exclama-t-il, avec un enthousiasme qu'il aurait préféré ne pas trahir. Je ne t'avais pas vue. Ça fait longtemps que t'es là ? Pourquoi t'as pas sonné ?

Fred haussa les épaules et esquissa un faible sourire.

– Tu viens faire du *skate* ? demanda-t-elle.

– Mets-en ! s'exclama Simon.

Simon ouvrit la porte et s'écarta.

– Entre. Je vais juste aller verrouiller les portes.

Fred fit un pas vers l'avant, hésita et s'arrêta.

– Je vais t'attendre ici.

– Comme tu veux.

Fred n'avait pas l'air en meilleur état que la veille. Ses traits étaient tirés et elle semblait fatiguée. Elle était pâle et avait les yeux cernés. Heureusement, les blessures sur son visage s'étaient atténuées.

– Tu vas mieux ? demanda Simon.

– Ça va.

Simon partit s'assurer que les portes de la maison étaient verrouillées. Lorsqu'il revint dans la cuisine, Fred n'était nulle part. Il se rendit dans la grange, convaincu qu'elle l'y attendait. Le *skate* de Simon était là où il l'avait laissé la dernière fois, appuyé contre le mur du fond. Mais la grange était vide. Tant pis. Fred ou pas Fred, il allait faire du *skate*, décida-t-il, contrarié.

– Tu viens ? demanda la voix de Fred derrière lui.

Simon se retourna. Elle se tenait dans l'entrée de la grange et faisait négligemment rouler son *skate* avec le pied droit.

– T'es pas un peu tannée de jouer à cache-cache ? demanda Simon avec une pointe d'impatience.

Sans attendre, Fred s'élança sur son *skate*. Simon se mit à sa poursuite. Ils passèrent l'heure suivante à déambuler l'un derrière l'autre sur leurs engins. Après avoir arpenté plusieurs rues, ils aboutirent dans la cour de l'école primaire. Les enseignants étaient en vacances et elle était déserte. Plus loin, Simon pouvait apercevoir des glissoires et des balançoires pour les petits.

Arrivée à la hauteur des balançoires, Fred s'élança. Son *skate* sembla lui coller sous les pieds et, en le tenant à peine du bout des doigts, elle atterrit sur la glissoire, qu'elle dévala sans hésitation avant d'atterrir gracieusement sur le sol. Simon était béat d'admiration. Il avait beau pratiquer ce mouvement, il n'était jamais parvenu à le maîtriser. Mais il n'allait quand même pas l'avouer à Fred. Surtout pas à Fred... Il s'élança à son tour, réussit à prendre son envol mais perdit l'équilibre dans la glissoire et tomba lourdement sur le côté.

— Hé ! s'écria une voix d'homme.

Simon releva la tête. Un homme se tenait dans l'embrasure de la porte arrière de l'école. Le concierge, de toute évidence.

— Les *skates* sont interdits dans la cour d'école.

— On fait rien de mal, répliqua Simon.

— Si tu te casses le cou, c'est l'école qui sera tenue responsable. Allez, dégage ou j'appelle la police ! rétorqua l'homme.

Simon se releva et soupira. C'était partout pareil. Il y avait toujours un adulte pour empêcher les *skaters* d'avoir du plaisir...

– Il était pas content, nota Fred en haussant le sourcil.

Elle repartit de plus belle. Pendant une demi-heure, il fit de son mieux pour la suivre. Arrivé devant le club vidéo, il finit par s'avouer vaincu.

– Eh! Fred! cria-t-il. On s'arrête, d'accord?

Elle descendit de son *skate*, fit trois petits pas pour interrompre sa course et s'installa contre le mur dans la ruelle. Simon la rejoignit, à bout de souffle. Fred, elle, ne transpirait même pas.

– Tu es vraiment super, dit Simon en pensant à bien plus qu'à son talent pour le *skate*. Tu n'es jamais fatiguée, toi?

– Non, répondit Fred.

Simon regarda sa montre et grimaça.

– Zut! Il est passé quatre heures. Il faut que j'y aille. Ma sœur va bientôt revenir de chez son amie. On se revoit demain? tenta Simon.

– Je sais pas. Peut-être.

– Ah... Bon. Quand est-ce que tu es libre?

– Je sais pas, répéta Fred.

– Je pourrais passer te prendre chez toi pour faire changement. Au fait, tu habites où?

– Pas loin, répondit-elle.

Fred frissonna et se frotta les bras avec ses mains. Dans la lumière du soleil, son visage était affreusement pâle et ses jolis yeux bleus semblaient encore plus creux.

– T'es certaine que tout va bien? demanda Simon.

– T'en fais pas pour moi. Ça va aller.

– OK. À bientôt, alors.

Simon monta sur son *skate* et traversa la rue. Une fois sur le trottoir, il se retourna pour lui envoyer la main. Elle était déjà partie.

❀

Cap-aux-Esprits, mardi, 12 juillet 2005

Salut Ordi,

Man... La journée a vraiment été étrange. Je commence à capoter solide. Tu sais, la petite fille qui a déboulé l'escalier du grenier dans le temps ? Ben ce matin, j'étais tout seul dans le grenier et je jurerais que je l'ai vue. C'était freakant ! Peut-être qu'il y a du vrai dans les vieilles histoires au sujet de la maison ? Et la petite fille que Camille dit qu'elle voit dans sa chambre ? Bon... Voilà que je crois aux fantômes maintenant. Man... Je commence à avoir un peu la chienne. Mais à qui veux-tu que j'en parle ? À ma mère ? Elle me croira pas. Elle a cessé de me croire voilà longtemps déjà... Je peux pas vraiment la blâmer. De toute façon, c'est certainement mon imagination qui me joue des tours...

J'ai passé l'après-midi avec Fred. Tu devrais la voir faire du skate. Elle flotte, la fille. J'ai de la misère à la suivre. Mais elle m'inquiète. L'autre soir, elle avait des marques sur le visage puis le lendemain, elle frissonnait en plein soleil. Aujourd'hui, elle avait l'air encore plus mal. Elle était toute pâle pis elle frissonnait encore. Elle a vraiment l'air malade. Tu sais ce que je pense ? Je pense qu'elle se drogue. Je les connais, moi, ces symptômes-là. Ce sont ceux d'un junkie.

S.

✿

Simon était allongé sur son lit. Dans les autres chambres, sa mère et sa sœur dormaient depuis longtemps. Il était tard mais il n'arrivait pas à fermer l'œil. Il repensait aux événements de la journée. Il était convaincu que ce qu'il avait vu n'était que le fruit de son imagination. Les histoires du grand-père de Fred lui étaient restées collées dans la mémoire plus qu'il ne l'avait cru et il avait fini par y croire. Comme pour valider son analyse, les écureuils se tenaient tranquilles, ce soir.

Ce qui l'empêchait de dormir, c'était Fred. Elle avait un problème, c'était évident. Un problème sérieux. Si personne ne l'aidait, elle ne s'en sortirait pas toute seule. Son grand-père était vieux. Peut-être qu'il ne reconnaissait tout simplement pas les symptômes. Simon se demandait ce qu'il pouvait faire. Il n'allait quand même pas demander à sa mère de l'aider. Avec son nouvel emploi, elle avait assez à faire comme ça. Et puis, des problèmes de drogue, elle en avait subi assez avec lui…

Dehors, le bruit agressant d'un camion résonna par la fenêtre ouverte, suivi d'un crissement de freins et de klaxon que l'on maintenait enfoncé. Puis le silence de la nuit reprit ses droits.

Chapitre XI

Souvenirs de Jean-Pierre

Cap-aux-Esprits, vendredi, 15 juillet 2005

Ordi,

J'ai pas revu Fred depuis mardi. J'ai eu beau la chercher sur la rue Principale et ailleurs, aucune trace d'elle. Il faut dire qu'avec Camille sur les bras, j'ai pas beaucoup de temps à moi.

Je suis vraiment inquiet. J'imagine les pires affaires. Elle était si pâle. Elle avait l'air tellement malade. Je m'en veux. J'aurais dû regarder dans le creux de ses bras s'il y avait des traces de piqûres. Il faut que je sache si elle est OK. J'ai décidé que demain, j'irais voir son grand-père.

S.

Depuis le déménagement, Anne s'était démenée comme une condamnée aux travaux forcés. Même avec l'aide de Simon, elle n'avait pratiquement pas eu le temps de souffler avant d'occuper son nouvel emploi et depuis, c'était encore pire. Elle travaillait depuis à peine une semaine mais elle se sentait complètement vidée. Un peu déprimée, même. La dernière fois qu'elle avait eu ce sentiment, c'était lorsque Simon était dans le pire de sa crise et qu'elle avait l'impression d'avoir complètement perdu le contrôle. En plus, elle dormait mal. Son sommeil était agité et elle se réveillait souvent avec cette impression d'anxiété latente que laissent les cauchemars dont on ne se souvient pas. Peut-être que, inconsciemment, elle était angoissée, songea-t-elle.

Pourtant, tout allait très bien maintenant. Elle n'avait aucune raison d'avoir le moral dans les talons, se raisonna-t-elle en regardant distraitement les informations à la télévision. Au contraire. Elle avait un bon travail, une maison qu'elle aimait et les enfants avaient l'air de bien s'adapter à leur nouvel environnement. Camille aimait bien Élodie, et Simon paraissait très attaché à cette fille qu'il ne lui avait toujours pas présentée. Fred. Quel drôle de nom pour une fille. Enfin... L'important était que Simon l'appréciait. Bientôt, les deux iraient à l'école et ce serait encore mieux.

Si seulement Jean-Pierre était là, songea-t-elle tristement. Elle ne serait pas seule à porter tout ce poids, toutes ces responsabilités. Mais voilà, Jean-Pierre n'était plus là. Elle devait s'y faire.

Il était presque vingt-trois heures. Camille dormait depuis longtemps et, du salon, Anne pouvait entendre les sons du dernier jeu vidéo que Simon avait loué après le souper. Elle éteignit la télé, se leva et gravit l'escalier. En passant, elle jeta un coup d'œil dans la chambre de Camille. La petite dormait à poings fermés. Seule. Depuis quelques jours, Chocolat passait son temps terré sous les meubles et il ne dormait pas avec Camille. Dès que quelqu'un ouvrait la porte, il essayait même de se sauver. Le reste du temps, on le voyait à peine.

Elle entra dans sa chambre, se dévêtit et passa un pyjama. Elle se rendit ensuite à la salle de bains, se lava le visage et se brossa les dents. Avant d'aller se coucher, elle fit un détour par la chambre de Simon et frappa.

— Quoi? répondit Simon à travers la porte.

— Je peux entrer?

— Ouais.

Elle ouvrit. Son fils était assis sur le bout de son lit, en short et torse nu. Ses cheveux détachés pendaient librement en rideaux des deux côtés de son visage. Manette en main, il avait le visage crispé par la concentration.

— Qu'est-ce tu veux? grogna-t-il sans quitter l'écran des yeux pendant que ses pouces s'activaient sur les commandes.

— Je voulais juste te dire bonne nuit.

— Bonne nuit, répondit-il distraitement.

Anne l'observa un instant. Il prenait les jeux vidéo tellement au sérieux. Si seulement, un jour, il pouvait avoir la même détermination à l'école. Peut-être qu'un collège privé...

— Alors, tu gagnes? demanda-t-elle pour alimenter la conversation.

– Difficile..., marmonna Simon.

Anne s'assit près de lui et regarda l'écran, intriguée. L'avant-plan de l'image était occupé par le canon d'un fusil. Le personnage qui tenait l'arme était en dehors de l'image, ce qui ne manquait jamais de la désorienter. Il marchait dans un dédale de tunnels sombres, ouvrait une interminable succession de portes, se penchait pour ramasser des choses. Anne avait beau chercher, elle ne voyait pas ce qui pouvait fasciner ainsi son fils.

Sur l'écran, une créature hideuse surgit de derrière un coin. Simon sursauta et appuya frénétiquement sur des boutons de sa manette. Le fusil cracha à plusieurs reprises. La tête de la chose explosa et le sang gicla partout.

– C'était quoi ça ? demanda Anne avec une moue de dégoût.

– Un zombie. Il y en a partout.

– Il faut que tu les tues ?

– Ouais.

– Mais comment tu peux les tuer s'ils sont déjà morts ?

– Parce que...

Tout à coup, des bruits retentirent dans le plafond de la chambre de Simon. On aurait dit des petits pieds qui couraient. Anne sursauta.

– C'est ça, les écureuils ? demanda-t-elle

– Ouais. C'est tannant, hein ?

– Et tu n'as pas vu de trous nulle part ? Bon. Je vais appeler quelqu'un demain.

Les bruits cessèrent aussi vite qu'ils avaient commencé. Sur l'écran, une nouvelle créature apparut et évita les balles que Simon tirait frénétiquement. D'une main aux ongles longs et sales, elle sembla ouvrir la gorge du personnage principal. Sur l'écran, le sol se rapprocha tout à coup puis l'image resta immobile.

— Aghhhh! Je suis mort, dit impatiemment Simon en accédant au menu pour recommencer sa partie.

— Je vais te laisser jouer tranquille. Ne te couche pas trop tard, d'accord?

Elle se leva puis se pencha pour l'embrasser sur le front. Il grimaça un peu mais se laissa faire. Anne referma la porte en souriant. Elle se sentait un peu mieux. Elle se dirigea vers sa chambre en se demandant comment Simon pouvait dormir sans faire de cauchemars après des heures à regarder des horreurs semblables. Bof, c'était de son âge, se dit-elle en haussant les épaules.

Anne entra dans sa chambre sans allumer la lumière. Elle défit les couvertures à tâtons et se glissa dans son lit. Demain, c'était samedi. Elle ferait la grasse matinée. Malgré l'heure tardive, il faisait encore très chaud. Elle ajusta son oreiller, remonta le drap sous son nez et remonta les genoux. Elle laissa échapper un profond soupir de contentement. Elle s'assoupissait déjà lorsque quelque chose lui frôla le mollet. Chocolat avait conservé sa nouvelle habitude de se vautrer sous les couvertures d'Anne.

— Chocolat, marmonna-t-elle, à moitié endormie. Arrête ça. Va trouver Camille.

Quelque chose lui effleura de nouveau la jambe. Quelque chose de froid.

– Chocolat. Garde ton nez pour toi ! grogna-t-elle avec un peu plus d'impatience.

Anne donna un petit coup de pied vers l'arrière pour repousser l'intrus sans pour autant lui faire mal. Son talon heurta quelque chose de dur. Elle se redressa sur un coude et se retourna, complètement réveillée. De l'autre côté du lit, elle devinait une forme enfouie sous les couvertures. Camille était venue se blottir dans son lit au cours de la soirée sans le lui dire, se dit-elle. Elle tendit le bras pour lui découvrir la tête.

– Pauvre petite Puce, chuchota-t-elle. Tu vas mourir de chaleur.

Elle releva les couvertures et se figea d'horreur. La tête sur l'oreiller, Jean-Pierre la regardait fixement. Son visage était blême et ses lèvres exsangues étaient entrouvertes. De sa bouche tombaient mollement de petits asticots sur la taie d'oreiller et y formaient un tapis grouillant.

Anne se précipita hors du lit en hurlant à tue-tête. Dans le lit, le cadavre de son défunt mari se redressa lentement et s'assit. Il lui tendit les bras et pencha un peu la tête sur le côté, l'invitant à venir le retrouver. Puis, un sourire immonde se forma sur sa bouche, laissant paraître des dents noircies et une langue gonflée et sombre. Anne recula, se frappa violemment contre sa commode et s'effondra sur le sol. Une violente douleur lui vrilla la hanche et le bas du dos. Elle se releva et, d'une main tremblante de panique, parvint à allumer la lumière. Rien. Les couvertures n'étaient défaites que de son côté et le lit était vide.

Tout énervé, Simon fit irruption dans la chambre. Il y trouva sa mère effrayée et confuse.

– Qu'est-ce qu'il y a ? Pourquoi tu as crié ? Tu t'es fait mal ?

Anne ravala bruyamment.

– Je ne sais pas… J'ai vu… J'ai cru voir…

L'espace d'un instant, la tête lui tourna et elle se sentit défaillir. Elle appuya une main contre le mur pour se retenir.

– Tu devrais t'asseoir, suggéra Simon en la soutenant par la taille.

– Non, non… Ça va, répondit-elle en forçant un sourire. J'ai fait un cauchemar… Ça doit être parce que j'ai regardé ton jeu débile, là…

– Tu l'as vue, toi aussi, hein ? demanda la petite voix de Camille.

Le visage bouffi par le sommeil, les cheveux en broussaille, la petite se tenait dans le corridor.

– Vu qui ?

– La petite fille.

– Non, ma chérie, répondit Anne. J'ai juste fait un mauvais rêve. Ça arrive aux grandes personnes aussi, tu sais. Mais ça va mieux maintenant.

– T'es sûre ? demanda Simon.

– Oui. Ça va aller. Allez, retournez vous coucher.

Un peu inquiet, Simon laissa sa mère dans le corridor et retourna dans sa chambre. Anne borda Camille et l'embrassa, puis se rendit à la salle de bains. Encore ébranlée, elle s'aspergea le visage d'eau froide puis s'épongea avec une serviette. Après quelques minutes, elle se sentit assez calme pour retourner au lit. Elle franchit les quelques mètres qui séparaient la salle de bains de sa chambre et s'arrêta. Derrière elle, un grondement sinistre lui fit passer un frisson dans le dos. Elle se retourna. Au bout du corridor, près de l'escalier qui menait au grenier, Chocolat était recroquevillé, la queue grosse, le poil dressé sur le dos, les oreilles collées contre la tête. Il grondait en fixant la porte d'Anne.

Elle s'avança vers le chat, le prit dans ses bras et regarda la porte de sa chambre. La terreur qu'elle avait ressentie lui collait encore à la peau. Un peu honteuse, elle dut admettre qu'il n'était pas question de retourner dans ce lit ce soir. Elle passa la nuit enroulée dans une couverture en laine polaire sur le sofa avec Chocolat.

Anne s'éveilla et s'étira langoureusement dans son lit. Elle ressentait un sentiment de bonheur et de plénitude tel qu'elle n'en avait pas connu depuis la mort de Jean-Pierre. Il faisait nuit noire mais la lune éclairait sa chambre. Elle se retourna. Jean-Pierre dormait paisiblement à ses côtés. Elle sourit et caressa délicatement une mèche de ses cheveux. Il ouvrit les yeux.

– Ça fait du bien d'être de retour, dit-il en souriant.

Anne sourit à son tour et s'étira pour l'embrasser. Sa peau était froide et moite, ses lèvres sèches. Mais leur contact la remplissait de bonheur. Jean-Pierre se dégagea de son étreinte et s'assit sur le bord du lit. Il était si pâle, songea Anne. Si maigre. Il travaillait trop. Il allait finir par avoir une crise cardiaque. Il se leva

– Viens avec moi, dit-il en lui tendant la main.

Main dans la main, ils sortirent de la chambre. Au passage, Anne aperçut Camille en train de jouer à la poupée sur son lit avec une petite fille à l'air infiniment triste. Jean-Pierre conduisit Anne jusque dans la cave. Il y faisait noir et froid.

– Pourquoi tu m'amènes ici ? lui demanda-t-elle.

Un grincement sinistre retentit. Anne se retourna. Au fond de la cave, près du mur, le lourd couvercle du puits se souleva. Jean-Pierre lâcha la main d'Anne et s'éloigna dans le noir. Anne sentit la panique monter en elle.

– Jean-Pierre ? Où es-tu ? Jean-Pierre ?!

– Ici.

Au-dessus du puits, deux pieds chaussés de beaux souliers vernis semblaient flotter dans le vide. Les souliers de Jean-Pierre. Anne leva craintivement les yeux.

Jean-Pierre portait un habit trois pièces comme ceux qu'on voyait sur les vieilles photos en noir et blanc. Les yeux exorbités, le visage bouffi et *rougi, la langue noire sortant de la bouche, il pendait au bout d'une corde attachée à la poutre centrale de la maison.*

Anne hurla et recula. Son dos heurta quelque chose. Elle se retourna. Jean-Pierre était derrière elle. En souriant, il lui désigna quelque chose du doigt. Anne suivit la direction qu'il indiquait.

Au bout de la corde, c'était maintenant elle qui pendait.

Anne était assise sur le sofa, le souffle court. Ce qui lui coulait dans le dos lui semblait être autant de la terreur liquide que de la sueur. Elle n'arrivait pas à chasser de son esprit l'horrible vision de son mari défunt se balançant au bout de sa corde. Confuse, elle se leva pour aller prendre un verre d'eau dans la cuisine. Une chose poilue lui frôla la cheville. Elle laissa échapper un petit cri. Chocolat. Ce n'était que Chocolat. Dans la pénombre, il se tenait près de la porte de la cave, le poil dressé sur le dos. Anne se pencha et le souleva. Il tremblait comme une feuille.

Anne ne retrouva pas le sommeil. Elle alluma la télé et passa la nuit à regarder des émissions plus niaises les unes que les autres. Elle laissa la lumière allumée. Pour la première fois depuis que la famille y avait emménagé, la maison lui paraissait oppressante.

Le soleil était à peine levé. Anne était fourbue. Une peur diffuse lui collait encore à la peau et elle éprouvait un besoin irrationnel d'aller vérifier par elle-même que ses rêves de la veille n'étaient que cela. Se maudissant intérieurement d'être aussi impressionnable qu'une fillette, elle se dirigea vers la cave, en ouvrit prudemment la porte et alluma la lumière. Lorsqu'elle arriva en bas, le soleil du matin se glissait par les deux petites fenêtres. Le premier chant des oiseaux entrait par les moustiquaires. Évidemment, aucune corde ne pendait à la poutre centrale... Anne secoua la tête. Quelle idiote elle faisait.

Elle se dirigea vers une immense pile de vêtements sales qui traînait devant la machine à laver. Puisque son imagination l'avait amenée jusqu'ici, aussi bien faire un lavage. Depuis qu'elle travaillait, le pauvre Simon avait fait de son mieux, mais le résultat n'était pas toujours concluant. Certaines de ses blouses avaient tellement rapetissé qu'elles avaient l'air de vêtements de poupées ! Les chaussettes blanches avaient une teinte rosée très suspecte. Elle remplit la laveuse et la démarra.

De l'autre côté de la cave, des boîtes avaient été empilées n'importe comment. Anne se rappela le puits que Simon avait trouvé. Elle avait été si occupée qu'elle n'avait pas eu le temps de s'en occuper. Elle se pencha, fit pivoter le levier et réussit à soulever le couvercle. Une affreuse odeur de pourriture monta de l'ouverture. Anne grimaça en portant une main à sa bouche, un haut-le-cœur lui remontant dans la gorge. L'ouverture était complètement noire. Sans lampe de poche, elle n'y voyait rien. Mais elle savait ce qu'elle voulait savoir : l'ouverture était assez grande pour que Camille puisse s'y glisser. Elle replaça vite le couvercle et le levier, se releva en retenant son souffle pour ne pas inspirer l'odeur. Elle allait devoir trouver quelqu'un pour examiner ce puits. Une odeur comme celle-là, ce n'était pas normal.

Après le dîner, Simon annonça à sa mère qu'il allait faire une promenade à vélo. Il s'arrêta au club vidéo pour ramener son jeu puis poursuivit sa route rue Principale. Il s'engagea dans le petit chemin qui menait à la maison de M. Deslauriers. L'homme était assis sur sa galerie comme l'autre jour, le regard perdu à l'horizon. Simon arrêta et descendit de son vélo. M. Deslauriers tourna la tête.

— Bonjour, dit Simon.

— Salut.

— Je peux vous parler un instant ?

— Ouais. Mais je t'ai dit tout ce que je savais sur ta maison.

— Je voulais vous parler de Fred.

L'homme se raidit et son regard s'embruma.

— Je ne veux pas en parler.

— Mais…

— Va-t'en chez toi, le jeune. Laisse-moi tranquille. S'il te plaît…

– Mais…

– Laisse-moi tranquille, je te dis, répéta
M. Deslauriers avec plus de fermeté. C'est
personnel. Ça ne te regarde pas.

M. Deslauriers se leva et rentra dans la
maison sans rien ajouter. Ahuri, Simon remonta
sur son vélo et s'éloigna sans rien dire. Il ne
comprenait rien à ce qui venait de se produire. Il
voulait juste s'informer de Fred. Où était le
mal ? Surtout, qu'était-il arrivé à Fred ? Il se
dirigea vers la maison, encore plus inquiet
qu'avant.

❀

Une pluie fine commença à tomber avant le
souper. Toute la famille décida de regarder des
films. Simon et Camille se rendirent au club
vidéo et en ramenèrent trois DVD pendant
qu'Anne achetait une pizza *Chez Georges* et du
maïs soufflé à l'épicerie. Tout le monde mangea
devant une comédie un peu bête qui ne fit rire
personne. Simon, lui, était taciturne et regardait
distraitement.

En se mettant au lit, Anne se sentait
toujours aussi vidée. Elle alluma sa lampe et
ouvrit un livre. En quelques minutes, elle était
endormie.

❀

*Anne s'éveilla en sursaut. Le souffle haletant,
son livre toujours ouvert sur elle, elle était*

allongée sur le dos dans des draps trempés de sueur.

Elle s'assit et se frotta le visage pour reprendre ses esprits. Seigneur… Ces cauchemars vont-ils jamais cesser ? se demanda-t-elle avec angoisse. Elle leva les yeux et son cœur s'arrêta de battre. Jean-Pierre se tenait dans le coin de sa chambre, devant la bibliothèque. Il lui tendait un long couteau de cuisine, un sourire cruel sur son visage putréfié.

— Tu sais ce que tu devrais faire, dit-il. Juste un petit coup en travers de la gorge. Ça ne prendra qu'une seconde et tous tes problèmes seront réglés… Ensuite, ce sera ton tour de venir me retrouver. Tu pourras te reposer en paix. Nous serons ensemble pour toujours.

Anne s'éveilla en sursaut. Le souffle haletant, son livre toujours ouvert sur elle, elle était allongée sur le dos dans des draps trempés de sueur.

Jamais elle n'avait fait un rêve aussi affreux, aussi… pervers. Tuer son propre enfant ? Comment son esprit pouvait-il, même inconsciemment, produire un tel rêve ? L'angoisse lui serrait la gorge et la nausée lui retournait l'estomac. *Mais qu'est-ce qui se passe avec moi ?* se demanda-t-elle avec anxiété. *Je suis en train de devenir folle ou quoi ?* Elle se leva pour aller se faire une tasse de lait chaud puis alla s'asseoir sur le sofa. Elle sentait qu'elle allait encore passer une nuit blanche, la télé allumée.

C'est cette maudite maison, songea-t-elle.
C'est elle qui me fait perdre la tête. Le souvenir
de Jean-Pierre chassa aussitôt cette idée avant
qu'elle ne puisse s'apercevoir qu'elle s'était
formée. Le reste de la nuit, Anne se perdit dans
un tourbillon d'idées sombres.

Chapitre XII

Manifestations

LE LENDEMAIN MATIN, la pluie avait cessé et une superbe journée s'annonçait. Anne aurait voulu faire quelque chose de spécial avec les enfants. Ils le méritaient bien. Ils étaient si raisonnables depuis qu'elle travaillait. Mais elle se sentait tellement épuisée qu'elle avait à peine le courage d'envisager un dimanche à ne rien faire.

Elle avait encore rêvé de Jean-Pierre la nuit précédente. Ces rêves n'étaient comme aucun autre qu'elle avait eu en plus de quarante ans. Leur texture, leur saveur, leur odeur, leur son étaient si réels. Ils étaient tellement pénétrants. Ils s'insinuaient dans sa conscience et s'y accrochaient, refusant obstinément de lâcher prise. Même une fois éveillée, ils lui collaient à la peau et assombrissaient la vie. Elle était déjà crevée vendredi et tout ce qu'elle avait réussi à faire pour se reposer, c'était deux nuits blanches de suite, déplora-t-elle mentalement. Heureusement, Élodie venait jouer avec Camille cet après-midi. Ça lui permettrait de se reposer un peu.

Comme prévu, Élodie arriva à la maison après le dîner. Lorsque sa mère sonna, Anne se fit violence pour être accueillante et enthousiaste. Elle alla ouvrir et l'invita à prendre un café pendant que les petites disparaissaient à l'étage. Pendant l'heure qui suivit, les deux femmes firent agréablement connaissance et découvrirent qu'elles avaient beaucoup en commun. Lorsque la mère d'Élodie se leva pour partir, elles convinrent de l'heure à laquelle Anne la lui ramènerait et prirent congé l'une de l'autre.

Confortablement installée dans une chaise de patio sur la galerie avant fraîchement repeinte par Simon, Anne lisait un roman au soleil. Un de ces gros romans de mystère que l'on consomme sans réfléchir et qui ne nécessitent aucun effort tout en faisant passer agréablement le temps. Les lignes défilaient devant ses yeux sans vraiment qu'elle s'y arrête. L'image de Jean-Pierre revenait obstinément occuper son esprit. Et l'image d'un couteau. Soudain, des pleurs retentirent à l'intérieur.

Anne s'interrompit et rentra dans la maison. Elle allait s'engager dans l'escalier lorsque Élodie fit irruption et descendit à toute vitesse en pleurant. Au sommet se tenait Camille, toute penaude.

– Qu'est-ce qui se passe, Élodie ? demanda Anne. Tu t'es fait mal ?

– Je veux m'en aller chez nous, pleurnicha la petite.

– Bien sûr. Si c'est ce que tu veux, je vais te ramener immédiatement. Mais tu ne veux pas me dire ce qui ne va pas ?

– Je veux m'en aller. Tout de suite.

– Tu ne veux rien me dire ? Tu en es certaine ?

La petite fit non de la tête.

– Bon. Je vais te ramener alors.

Anne la prit par la main et se rendit dans la cuisine. Quelques minutes plus tard, elle stationnait sa voiture dans l'entrée et frappait à la porte.

– Je ne sais pas ce qui s'est passé, dit-elle à la mère d'Élodie lorsqu'elle ouvrit. Tout allait bien et, l'instant d'après, Élodie voulait à tout prix s'en aller. J'ai pensé qu'il valait mieux la ramener. Les filles pourront se reprendre une autre fois.

– C'est bizarre. Habituellement, elle est très sociable, répondit la dame en haussant les épaules. Je vais essayer de savoir ce qui s'est passé et je vous en redonne des nouvelles.

– Il ne faut pas trop s'en faire, vous savez. Les enfants se chicanent pour des riens et redeviennent les meilleurs amis du monde le lendemain.

– C'est vrai. La fin de semaine prochaine, vous viendrez prendre un petit café ? On pourrait essayer de les réunir à nouveau.

– Absolument.

Anne était songeuse. Ça ne ressemblait vraiment pas à Camille d'être agressive. De retour à la maison, elle monta à l'étage et trouva sa fille assise sur son lit, les joues mouillées de larmes et les yeux rougis. Elle suçait son pouce. Dans la chambre, les jouets gisaient un peu partout sur le plancher. Les livres avaient été renversés et les tablettes de la bibliothèque étaient presque vides. Une autre des poupées de Camille avait été brisée.

— Qu'est-ce qui s'est passé avec Élodie, Puce ? demanda-t-elle. Vous vous êtes querellées ?

— Non…, dit Camille d'une petite voix.

— Mais Élodie ne pleurait quand même pas pour rien.

— C'est la petite fille qui a été méchante avec elle, finit par dire Camille. Elle ne veut pas que j'aie d'autres amies qu'elle. Elle lui a dit de s'en aller.

Anne fit une moue de désapprobation. Elle se sentait bien trop épuisée pour composer avec l'imagination hyperactive de Camille.

— Ouais… Moi, je pense que la petite fille qui a été méchante, c'est plutôt toi, Puce.

— J'ai rien fait !

— Écoute… Moi aussi, quand j'étais petite, j'étais parfois méchante avec mes amies. Ça arrive. Ne t'en fais pas trop avec ça. Demain, tu lui présenteras tes excuses comme une grande fille et tout ira mieux. Vous allez encore être les meilleures amies du monde. D'accord ?

— OK…, murmura Camille, la tête basse.

— Et ramasse-moi tout ce dégât.

— Mais maman, c'est pas moi qui…

— Tout de suite, Camille.

— Je veux retourner chez nous ! cria Camille, en pleurs. J'aime pas vivre ici. J'ai tout le temps peur !

Anne partit sans rien ajouter, retourna sur la galerie et reprit son livre. Elle n'en sortit pas du reste de la journée. Simon s'était enfermé dans sa chambre pour gratter sa guitare électrique et y resta tout l'après-midi. Pour souper, Anne l'envoya chercher une pizza. Autour de la table de cuisine, personne n'avait d'appétit. Anne jouait distraitement avec sa pointe de pizza et Camille ne regardait même pas son assiette. Les deux finirent par quitter la table sans rien dire et Simon, décontenancé, se retrouva seul.

Le soir, toute la famille regarda un film sans vraiment le regarder.

❁

Assise dans son lit, Anne n'aurait pu dire si elle était éveillée ou endormie. De plus en plus, ses rêves, si intenses, se confondaient avec la réalité. Lorsqu'elle parvenait à sombrer dans le sommeil pour quelques heures, ils formaient un univers onirique à part, auquel seuls Anne et son défunt mari avaient accès.

Jean-Pierre se tenait au pied du lit. Depuis combien de temps? Elle n'aurait su le dire. Peut-être qu'il veillait toujours sur elle, qu'il ne la quittait jamais. Passive, elle le regarda s'approcher. La peur qu'elle éprouvait était devenue presque normale. Le visage bleui et gonflé, la langue noirâtre, il portait au cou les marques de la corde avec laquelle il s'était pendu lors d'un rêve précédent. Ou s'agissait-il d'un événement réel ? Anne n'en était plus certaine. Tout se confondait. Les yeux sombres et pénétrants de son mari n'avaient pas changé. Ils lui fouillaient l'âme, à la recherche de ses émotions les plus profondes. Immobile, vulnérable, Anne se perdait dans ce regard profond.

Il lui sourit. Un sourire immonde, repoussant dans sa pourriture. Un asticot sortit du coin de sa bouche et remonta paresseusement le long de sa joue pour aller se loger dans ses cheveux en broussaille. Mon Dieu… gémit-elle intérieurement. Je perds la raison…

— Mais non, ma chérie, susurra Jean-Pierre, comme s'il lisait dans ses pensées. Tu es en train de trouver le chemin de la liberté.

— La liberté ? s'entendit demander Anne comme si quelqu'un d'autre parlait à sa place. Mais de quoi devrais-je être libre ?

— Tu sais de quoi je parle…, répondit Jean-Pierre. Les responsabilités, les décisions, le travail… Simon est si difficile et Camille, si fragile… C'est bien trop pour une femme seule. Je n'aurais jamais dû partir et te laisser comme ça… Personne ne te blâmerait de tout lâcher, tu sais.

Il avait raison. Anne trouvait tout cela si lourd. Elle détestait l'admettre mais une partie d'elle aurait tant voulu se reposer, tout oublier.

— Ça ne durera qu'un petit moment, reprit Jean-Pierre. Ensuite, tout sera fini. Tu seras libre. Tu pourras venir me retrouver. Je prendrai bien soin de toi…

Jean-Pierre contourna lentement le lit pour s'approcher d'elle.

— *Te retrouver où ? demanda Anne d'une voix monocorde et à peine audible.*

— *Dans les profondeurs du puits. Si tu savais comme on y est bien. On y oublie tout. Il faut simplement poser un petit geste. Ça ne durera que quelques secondes. Ensuite, tout sera fini.*

Il se pencha vers la table de chevet, y déposa quelque chose puis disparut. Anne le suivit du regard. Sur la table de nuit se trouvait le plus long de ses couteaux de cuisine. Celui avec lequel elle coupait la viande et qui était si tranchant. Il était couvert de sang. De sa pointe, des gouttes tombaient lugubrement sur le plancher et y formaient une petite flaque.

Anne s'éveilla en sursaut et alluma la lampe. Avait-elle hurlé ? Elle tendit l'oreille. Rien ne bougeait dans la maison. Le souffle court, elle se leva d'un trait et regarda sa montre. Il était à peine deux heures du matin. Elle n'arrivait même plus à dormir trois heures par nuit.

Elle descendit au rez-de-chaussée et prit le lait dans le réfrigérateur. Elle en versa d'une main tremblante dans une casserole et le fit chauffer. Elle avait lu quelque part que le lait chaud favorisait le sommeil. Juste avant qu'il ne bouille, elle le transféra dans une tasse et y ajouta un peu de miel. Assise à la table dans la noirceur, elle but lentement. Mais le lait lui restait dans la gorge. On aurait dit que quelqu'un avait fait un nœud dans son estomac. La lumière de la lune éclairait le comptoir. Dans un gros bloc de bois, les couteaux de cuisine étaient fichés dans des fentes. Mais le plus gros, celui dont elle avait rêvé, traînait sur le comptoir.

Anne se leva brusquement et fila au salon. Anxieuse, elle s'assit dans le noir. Chocolat vint la retrouver. Même éveillée, elle avait l'impression que Jean-Pierre, cette chose immonde qui avait envahi ses rêves, était près d'elle. Elle avait peur. Peut-être qu'il vaudrait mieux en finir. Pour toute la famille.

Anne secoua la tête. Horrifiée par ses propres pensées, elle caressa Chocolat dans le noir le reste de la nuit. Sans qu'elle s'en rende compte, quelque chose venait de se briser en elle. Le barrage invisible qu'elle portait et qui l'avait fait demeurer si forte après la mort de Jean-Pierre portait sa première fissure. Et la fissure s'agrandissait…

Elle était ravie. Autour d'elle, la peur augmentait et imprégnait ses proies. À la peur immature du début, qu'elle continuait à entretenir soigneusement, s'en ajoutait peu à peu une autre, plus profonde, plus mûre, qui portait en elle une immense tristesse. *Elle* aimait la tristesse. C'était le premier pas vers le désespoir. Bientôt, *Elle* pourrait festoyer à satiété.

Cap-aux-Esprits, lundi, 18 juillet 2005,
2 h 30 du matin

Salut Ordi,

Je sais pas ce qui se passe. Je suis
inquiet de tout le monde. Depuis mardi, je
n'ai pas de nouvelles de Fred. Son grand-
père m'a quasiment mis à la porte. Il a dit
qu'il ne voulait pas en parler. Mais qu'est-
ce qu'il lui est arrivé ? Est-ce qu'elle est
malade ? Dans le trouble ?

C'est surtout ma mère qui m'inquiète.
Je l'ai encore entendu rêver la nuit
dernière. Ça fait plusieurs nuits qu'elle ne
dort presque pas. Elle pense que je le sais
pas mais je l'entends gémir dans son
sommeil. Puis elle se lève et elle passe la
nuit dans le salon. Elle a les yeux cernés et
elle a l'air fatigué.

En tout cas, j'en ai mon voyage.
Depuis qu'on est ici, tout est tout croche.
Et comme tu vois, je ne dors pas, moi non
plus. Je m'inquiète. De toute façon, même
si je ne m'inquiétais pas, les écureuils
m'empêcheraient de dormir.

S.

Troisième partie

Effondrement

Chapitre XIII

Inspection

ANNE s'examina dans le miroir de la salle de bains et soupira. Encore une fois, elle n'avait pratiquement pas dormi de la nuit et ça paraissait. Et voilà qu'on était lundi et qu'elle devait aller travailler. La journée allait être longue. Elle s'habilla et descendit déjeuner.

Avant de partir, elle rappela à Simon que le spécialiste devait se présenter ce matin pour examiner le puits. Anne regarda Simon et se sentit un peu mal. Elle lui avait promis un nouveau départ et voilà qu'il se retrouvait à jouer à la gardienne d'enfants. Mais il n'avait pas l'air de s'en plaindre. Au contraire, il paraissait trouver une certaine fierté dans le fait d'être responsable, d'avoir la confiance de sa mère. Voilà quelques mois encore, jamais elle n'aurait songé à le laisser s'occuper de sa sœur. Peut-être que c'était comme ça que sa vie reprenait le droit chemin.

— Il n'y aurait pas quelqu'un que tu pourrais inviter pour passer une partie de la journée avec toi ? demanda Anne. Camille n'a pas besoin d'être surveillée à chaque instant. Du moment que tu es à la maison, c'est suffisant.

Tiens, cette fille, là... Frédérique. Invite-la donc.

— Elle préfère qu'on l'appelle Fred...

— Fred, alors. Pourquoi tu ne lui demandes pas de venir faire un tour ?

— Ouais... Je pourrais. Si je la trouve.

— Tu ne sais pas où elle habite ? demanda Anne, étonnée.

— Euh... Non, admit Simon.

Anne embrassa Simon, puis Camille.

— Je t'aime, Puce. Sois sage, d'accord ? Et amuse-toi bien avec Élodie.

Anne s'empressa de partir. Elle allait être en retard.

Vers dix heures, une camionnette blanche s'arrêta dans l'entrée et on sonna à la porte. Simon alla ouvrir à un petit homme ventru en vêtements de travail et à l'air jovial. Il avait un gros coffre à outils à la main.

— Oui bonjour. Je m'appelle Rodolphe Guillemette. C'est ici qu'il y a un vieux puits à examiner ? demanda-t-il.

— Oui. C'est en bas, répondit Simon. Venez. Je vais vous montrer.

Il reconduisit l'homme à la cave.

— Je suis en haut si vous avez besoin de quelque chose.

— Pas de problème, mon grand, répondit l'homme. Ça devrait pas être très long.

❀

Elle était furieuse. Un intrus venait tout à coup s'ingérer dans le filet qu'elle tissait si patiemment et dans lequel ses proies se prenaient un peu plus chaque jour. Pire encore, l'intrus l'examinait, osait la tâter... *Elle* devait l'éloigner, l'éliminer. *Elle* projeta vers lui ce qu'elle avait de plus malfaisant.

❀

Simon était en train de chercher l'adresse de Fred parmi tous les Deslauriers de l'annuaire téléphonique lorsqu'il entendit un cri aigu provenant de la cave, suivi d'un bruit de pas empressé dans l'escalier. La porte de la cave s'ouvrit avec vacarme et le petit homme fit irruption dans la salle à manger. Sans même lui adresser la parole, il traversa la pièce et se rendit dans la cuisine, son coffre à outils sous le bras.

— Alors ? s'enquit Simon, intrigué par le comportement étrange du spécialiste.

La main sur la poignée de la porte, l'homme allait sortir sans demander son reste. Il sembla se faire violence pour s'interrompre et se retourner. Il était livide et la sueur lui coulait le long du visage. Il s'essuya le visage d'une main tremblante.

— Alors, vous avez un bizarre de puits, répondit l'homme. Il doit ben avoir cent ans. Il est profond en titi, à part de ça ! C'est comme s'il était connecté à une fissure dans le sol. On dirait qu'il descend sur des kilomètres. J'ai jamais rien vu de semblable. Pis il y a une succion terrible. Ça m'a tout pris pour ne pas enfiler dedans !

– Est-ce qu'il y a encore de l'eau ?

L'homme hésita et regarda nerveusement vers son camion, stationné près de la galerie du côté.

– Y a quelque chose, ça c'est sûr. On dirait que ça monte pis que ça redescend. Y a du mouvement au fond mais c'est tellement creux que j'arrive pas à éclairer assez loin pour être sûr.

Il se passa nerveusement la main dans les cheveux.

– Et l'odeur ? C'est quoi ? insista Simon.

– Peut-être de l'eau croupie au fond ou ben une bête morte qui pourrit, ou ben c'est juste des bactéries qui puent. Ça arrive des fois. Franchement, je le sais pas.

– Alors qu'est-ce qu'on fait ?

– Écoute. Je ne sais pas ce que c'est. En trente ans, j'ai jamais vu un puits comme celui-là. Pis j'ai jamais vu quelque chose qui ressemblait à ce qu'il y a au fond. Gardez le couvercle fermé pis barré. Ouvrez plus jamais cette affaire-là, OK ? Pis rappelez-moi plus pour travailler dessus.

L'homme lui tendit un bout de papier d'une main tremblante.

– Tiens. C'est ma facture.

– Ma mère m'a laissé de l'argent. Venez avec moi. Je vais vous payer.

– Écoute, dit l'homme en s'essuyant à nouveau le visage. Je sais pas ce que j'ai. Je me sens pas bien pantoute. Il faut que je parte. Dis à ta mère qu'elle a rien qu'à me poster un chèque.

Il sortit avec empressement, monta dans sa camionnette et démarra. Interloqué, Simon le regarda reculer dans l'entrée en faisant crisser ses pneus puis partir sur les chapeaux de roues. Il regarda sa montre. Il était onze heures passées.

❀

À seize heures trente, Simon fit descendre Camille et, ensemble, ils prirent leur vélo pour se rendre au club vidéo, où il devait remettre le film de la veille. Il espérait apercevoir Fred. Depuis près d'une semaine, elle n'avait pas donné le moindre signe de vie. Juste à y penser, son cœur se serrait. Il tenait vraiment à cette fille.

Ils parcoururent rapidement le demi-kilomètre qui les séparait de la rue Principale et arrivèrent en vue de leur destination. Après avoir appuyé les vélos contre le bâtiment, il entra dans le club vidéo avec sa petite sœur. Debout derrière son comptoir, Valérie les accueillit avec un sourire.

— Tiens! Simon la terreur avec l'adorable petite Camille! Comment ça va, vous deux?

— Bien, dit Simon. Merci.

— Et toi, jeune fille? reprit Valérie en se penchant au-dessus de son comptoir pour s'approcher de Camille. Tu m'as l'air un peu triste…

La fillette sourit faiblement.

— Je parie qu'un gros bonbon ferait grandir ce petit sourire, moi ! dit Valérie en riant.

Elle mit la main dans un de ses contenants et en sortit un long serpent multicolore. Elle le tendit à Camille.

— Voilà, ma chouette. Les bonbons les plus dégoûtants sont toujours les meilleurs !

Camille prit le serpent en souriant.

— Voilà ! Je savais bien, moi, qu'il y avait un beau sourire quelque part dans cette jolie petite fille, dit Valérie en riant.

Simon se rendit dans la section des jeux vidéo et en choisit un. Il posa sur le comptoir le film qu'il rapportait et la boîte du jeu qu'il désirait louer.

— Ça fera quatre dollars. Je peux faire autre chose pour toi ?

Simon hésita un moment.

— Ben… Peut-être, oui. Vous n'auriez pas vu Fred, ces jours-ci ? demanda-t-il timidement.

— Fred qui ?

— Deslauriers. Frédérique Deslauriers.

Valérie haussa les épaules.

— Désolée. Je ne la connais pas. Elle habite le village ?

— Ben… Oui. Enfin, je pense.

— Hmmmm… Moi qui croyais connaître tout le monde. Elle a l'air de quoi, ta Frédérique ?

— Grandeur moyenne, assez pâle, cheveux blonds teints en bleu, yeux bleus, toujours habillée en noir et elle fait du *skate*.

– Et j'imagine qu'elle est assez jolie, aussi, hein ?

– Ouais, dit Simon en rougissant. Assez.

Valérie chercha un instant dans sa mémoire, l'air perplexe.

– Non. Ça ne me dit vraiment rien.

Elle s'installa à son ordinateur et fouilla la banque de données qui contenait les comptes de tous ses clients.

– Non. Pas de Deslauriers. Désolée, mon grand.

– C'est pas grave. Merci quand même, dit Simon, un peu déçu. Bye.

– Bye ! À bientôt !

Il prit la main de Camille, qui était encore occupée à mâchouiller le serpent en bonbon, et sortit. Au lieu de retourner à la maison, Simon décida de faire une surprise à sa mère. Camille et lui traversèrent la rue Principale et se rendirent chez Techtron, à quelques minutes de là. Lorsque Anne sortit du travail et les aperçut, son visage s'éclaira d'un petit sourire. Elle se dirigea vers eux, saisit Camille et l'embrassa. Son épuisement s'évapora un peu.

– Quelle belle surprise ! s'exclama-t-elle.

Ils prirent le chemin de la maison, Anne à pied, Camille et Simon marchant à côté de leur vélo. En chemin, Simon la mit au courant de la visite du spécialiste et de l'état du puits. Ils passèrent devant le parc.

– Maman. Je peux aller jouer un petit peu ? Pas longtemps ?

– Il faut aller manger, Puce. Mais demain, si tu veux, Simon t'amènera jouer, d'accord ? Peut-être qu'Élodie y sera aussi. Vous pourrez faire la paix.

– OK, répondit Camille, un peu déçue. Mais j'ai rien fait, moi…, ajouta-t-elle, penaude.

Lorsqu'ils arrivèrent à la maison, Anne sortit une lasagne du congélateur et la mit au four. Le souper serait prêt dans une heure. Elle avait le temps d'aller se changer et même de se servir un bon verre de vin pour se détendre. Avant de monter, elle accrocha Simon au passage.

– Tu veux bien aller mettre les poubelles au chemin ? Le camion les ramasse demain matin.

– Tabarnouche ! explosa Simon. Je passe la journée à faire la gardienne pis en plus, je suis concierge ! Tu pourrais pas en faire un peu, des fois ?

Il sortit en claquant la porte. Anne soupira. Au fond, il avait bien raison. Elle lui en demandait déjà beaucoup.

Après un souper pris dans le silence et la mauvaise humeur, Simon se retira dans sa chambre et se mit à gratter sa guitare, l'amplificateur au maximum. Dans l'état de fatigue où elle se trouvait, le son grinçant mettait les nerfs d'Anne en boule mais il fallait choisir ses combats. Si elle lui demandait de baisser le volume, il allait faire une autre crise. Mieux valait endurer. Par contre, elle regrettait un peu d'avoir refusé qu'il s'installe au grenier. Ou même dans la grange !

Il ne fallut pas longtemps pour que Camille fasse son apparition, un jeu de cartes dans les mains. Même fatiguée, Anne était soulagée qu'elle laisse un peu ses poupées. Elle ne passait pas assez de temps avec sa petite.

– Simon me fait mal aux oreilles avec sa guitare. Tu veux jouer à la Dame de Pique avec moi ?

– Hmmm… Pas la Dame de Pique… Je n'ai pas le goût. Mais Paquet Voleur, par exemple !

– OK ! Paquet Voleur ! s'exclama Camille en tapant des mains.

Anne s'assit par terre avec sa fille. Elle brassa les cartes, en distribua deux mains et étendit le reste sur le plancher. Pendant la partie, elle alluma le téléviseur. Les informations régionales étaient en cours. La lectrice de nouvelles discutait avec un reporter.

– *Finalement, Alexandre, la route a fait une victime aujourd'hui à Cap-aux-Esprits…*

Anne se retourna, intriguée.

– *En effet Carole, un homme dans la cinquantaine a trouvé la mort vers midi dans la petite localité alors que la camionnette qu'il conduisait a percuté violemment un poteau téléphonique. On ignore pour le moment les causes de l'accident, mais la police n'écarte pas l'hypothèse que le conducteur ait été pris d'un malaise.*

Sur l'écran, des images défilaient. Une camionnette blanche avait embouti un poteau qui en avait ouvert l'avant en deux. Anne reconnut facilement l'endroit. C'était juste à la sortie du village. Tout à coup, elle se figea. Sur la porte de la camionnette, on apercevait clairement une inscription :

Guillemette & Fils inc.
Forage de puits
Fosses septiques

— Simon ! cria Anne.

Aucune réponse. Le vacarme de la guitare aurait couvert le bruit d'un train de marchandises.

— SIMON ! hurla-t-elle de toutes ses forces.

La guitare s'arrêta.

— Quoi ? grogna de Simon. Qu'est-ce que j'ai fait encore ?

— Descends ! Vite ! répliqua Anne.

— Ah ! *man*... C'est quoi, la *joke*, là ?

— Descends, je te dis ! lui intima-t-elle.

Il apparut dans le salon juste à temps pour voir la fin du reportage. Il s'arrêta, bouche bée.

— C'est le camion du gars qui est venu inspecter le puits ce matin..., murmura-t-il. Tabarouette...

Il se laissa choir sur le sofa, ébranlé.

— Wo... Il m'a dit en partant qu'il ne se sentait pas bien... Il était super nerveux et il suait comme un cochon. J'aurais dû l'empêcher de partir.

— Tu ne pouvais pas savoir, mon grand. On va appeler la police. Tu leur diras ce qui s'est passé.

Anne se rendit dans la cuisine et se passa les mains dans les cheveux en regardant par la fenêtre.

— Seigneur..., murmura-t-elle. Mais qu'est-ce qui se passe dans cette maison ?

❁

Le policier était resté environ une demi-heure. Il avait noté tout ce que Simon lui avait raconté et avait dit en partant qu'il le contacterait à nouveau si jamais il avait d'autres questions.

❁

Cap-aux-Esprits, lundi, 18 juillet 2005

Salut Ordi,

Ce matin, le gars est venu pour examiner le puits. Il est remonté blanc comme un drap pis il est parti en fou. Ce soir, j'apprends qu'il s'est tué sur un poteau de téléphone en partant de chez nous. C'est freakant, ça, man. Comme si quelque chose lui avait fait peur. Dans la cave… Là où il y a le puits qui pue…

J'arrive toujours pas à retrouver Fred. Ça fait presque une semaine, maintenant, que je ne l'ai pas vue.

S.

Chapitre XIV

Une nuit mouvementée

DEPUIS LE SOIR où elle s'était assise avec Simon devant la maison, Fred se sentait affreusement mal. En fait, en y songeant bien, elle se sentait de plus en plus mal depuis qu'elle était revenue au village. Elle avait l'étrange impression que la chaleur en elle s'était éteinte. Elle avait froid. Si froid. Même le soleil ne la réchauffait plus. Et ça empirait de jour en jour. Elle se sentait faible, lourde et vide à la fois. Même faire du *skate* était devenu un effort. Il lui avait fallu plusieurs jours juste pour trouver l'énergie de revenir voir Simon.

Debout sur le trottoir, elle frissonna et se frotta distraitement les bras avec ses mains. Elle aurait dû mettre un chandail, songea-t-elle. Mais depuis son retour, elle n'en portait jamais. Dans le noir, les mains dans les poches, elle observait la maison de Simon en faisait distraitement rouler son *skate* avec son pied. Elle n'aurait pas dû être là, seule, en pleine nuit. Ce n'était pas la place d'une fille de quinze ans, elle le savait bien. Mais cette maison exerçait sur elle une étrange fascination. Elle y revenait sans cesse. Ou était-ce plutôt à cause de Simon?

Elle l'aimait bien, Simon, s'avoua-t-elle en souriant. Il lui donnait de l'attention et il était gentil alors que tout le monde au village l'ignorait, exactement comme avant son départ. Mais maintenant, même *Gramps* ne s'occupait pas d'elle. Lorsqu'elle faisait du *skate* en pleine nuit, il ne semblait pas s'inquiéter et il ne lui demandait jamais d'où elle venait. Il avait beaucoup changé, *Gramps*... Simon, lui, l'appréciait pour ce qu'elle était, sans exiger qu'elle change. Avec lui, elle se sentait à l'aise et détendue. Autant, en tout cas, qu'elle pouvait l'être. Et en plus, il faisait du *skate*. Tous les autres à qui elle offrait d'en faire avec elle se contentaient de regarder ailleurs. Elle en avait tellement marre d'être une *reject*...

Elle monta sur son *skate*, traversa la rue et s'arrêta dans l'entrée, près de la maison. La chambre de Simon était celle du fond. Il n'y avait aucune lumière à la fenêtre, évidemment. Il dormait. Qu'est-ce qu'elle s'imaginait ? Qu'il allait sortir en pleine nuit pour faire du *skate* avec elle ? Mais elle aurait tant aimé le voir. Elle se serait sentie moins seule.

Elle songea à lui très fort en regardant sa fenêtre.

Camille était assise par terre dans le grenier. Elle avait disposé les poupées tout autour d'elle sur le sol, comme l'avait exigé Claire.

— Je veux pas être ici. Je veux m'en aller, gémit-elle.

Claire se tenait devant elle. Avec sa boucle rose dans ses cheveux blonds, sa robe blanche bordée de dentelle, ses jolis bas de soie et ses petites bottines de cuir noir, elle aurait pu avoir l'air angélique. Mais les taches sur son visage et sa tête perpétuellement appuyée sur l'épaule lui donnaient un air terrifiant. Une méchanceté perverse brillait dans ses yeux et un sourire cruel déformait ses lèvres. Et elle sentait tellement mauvais que Camille n'arrivait pas à cacher sa répulsion.

– Je veux pas jouer avec toi, dit Camille en faisant une moue triste.

La petite fille se mit à tourner lentement autour de Camille en fredonnant une vieille chansonnette d'enfant.

> *J'ai une puce dans le dos*
> *qui me chatouille,*
> *qui me chatouille,*
> *J'ai une puce dans le dos,*
> *qui me chatouille tout le dos,*
> *Je la prends, je la r'vire,*
> *je la fais pâmer de rire,*
> *Je la prends, je la r'vire,*
> *je la fais pâmer de rire.*

Elle s'arrêta devant Camille, sourit, puis reprit son refrain.

> *T'as du sang dans le dos,*
> *qui te chatouille,*
> *qui te chatouille,*

T'as du sang dans le dos,
qui te coule tout le long du dos,
Il coule, il dégoutte,
il te fait souffrir,
Je le sens, je le sais,
tu vas bientôt mourir.

– Je veux ma maman, gémit encore Camille, terrifiée.

– Pourquoi ? Tu n'aimes pas jouer avec moi ? demanda la petite fille en souriant cruellement.

Elle se pencha vers Camille. Son haleine était terrible. Elle caressa lentement la joue de Camille avec son index à l'ongle sale.

– Si tu n'es pas gentille, je vais tuer ton chat, tu sais… Comme j'ai fait avec ton poisson rouge. Chocolat… C'est un joli nom pour un chat…

– Non. Fais pas mal à Chocolat, s'il te plaît, supplia Camille.

– Ensuite, je ferai du mal à ton frère et à ta mère, poursuivit Claire.

– OK d'abord, dit Camille, la lèvre inférieure tremblante de peur. Je vais jouer avec toi.

– Bon, c'est mieux, ricana Claire. Tu as peur ?

– Oui…

– Beaucoup ?

– Oui.

– J'aime bien quand tu as peur, tu sais, Camille… Bientôt, c'est ta mère qui va te faire peur. Ce sera encore mieux.

❁

Simon dormait comme une bûche. Il rêvait.

Des petits bruits réguliers le réveillèrent. Encore les écureuils ? Confus, Simon finit par en identifier la source : la fenêtre. Il se leva et écarta les stores. Fred était dans l'entrée. Il faisait nuit mais il pouvait la voir comme en plein jour. Son visage était terriblement pâle et elle avait beaucoup maigri. Elle semblait malade, fragile. Son cœur se serra. Il ne voulait pas perdre Fred.

Elle lançait de petites pierres dans la fenêtre pour attirer son attention. Simon ouvrit doucement la fenêtre.

— *Qu'est-ce que tu fais là ? demanda-t-il.*

— *Tu viens faire du* skate *?*

— *En pleine nuit ? T'es folle ou quoi ?*

— *Pourquoi pas ? Tu as quelque chose de mieux à faire ?*

— *Oui. Dormir.*

— *Allez, viens, dit Fred d'un ton suppliant.*

— *Non. Va te coucher.*

— *Mais je n'ai nulle part où aller.*

Fred frissonna et se frotta les bras avec ses mains. Son visage se crispa. Elle semblait avoir mal.

— *Come on... Je veux dormir, OK ? Tu reviendras demain et tu me raconteras tout ça.*

Simon referma la fenêtre et se remit au lit. Parfois, cette fille semblait complètement folle. Il se fourra la tête sous l'oreiller.

Tic... Tic... Tic...

Les cailloux continuaient à résonner contre la fenêtre avec la régularité d'une horloge… C'est qu'elle allait vraiment passer la nuit à en lancer, cette fêlée…

TAC… TAC… TAC…

Le bruit enflait. Elle devait lancer de plus gros cailloux. Elle allait finir par casser la fenêtre.

TAC.TAC.TAC.TAC.TAC.TAC.TAC.…

Mais comment pouvait-elle lancer aussi vite ? C'était impossible. Il se passait autre chose… il sortit la tête de sous son oreiller.

Simon s'éveilla brusquement et s'assit dans son lit. Dans le noir, il leva les yeux vers le plafond. Le bruit recommençait. Tac.Tac.Tac. Tac.Tac.Tac.Tac.Tac… Il se leva, bien décidé à en avoir le cœur net une fois pour toutes, et sortit de sa chambre. Dans le noir, il s'engagea dans l'escalier qui menait vers le grenier et se figea au milieu. La trappe était ouverte et il entendait des voix provenant d'en haut. Des voix de petites filles. Intrigué, il monta. Dans la pièce, tout était noir.

— Coquerelle ? appela-t-il, la voix un peu étranglée.

De petits pleurs presque inaudibles lui répondirent. Puis, derrière lui, un reniflement.

Elle se délectait de la peur de la petite et voilà que quelqu'un osait s'interposer. *Elle* détestait être interrompue. Elle avait attendu si

longtemps pour savourer ainsi la peur. L'*Autre*
était là. Mais il était beaucoup trop tôt. Elle
devait conserver l'*Autre* pour après. Et il y avait
quelqu'un d'autre aussi, tout près. Quelqu'un
déjà rempli d'incertitude et de peur. Une proie
déjà très faible qu'*Elle* croyait reconnaître. Et
qu'*Elle* pourrait consommer tout de suite.

❂

   – Simon, j'ai peur... Viens me chercher,
pleurnicha Camille.
   – Va-t'en ! cria une voix de petite fille qui
n'était pas complètement celle de Camille et qui
semblait provenir de partout à la fois.
   – Simon...
   – Va-t'en !
   – Camille ? appela à nouveau Simon en
ravalant. C'est toi ?
   Simon alluma la lumière. Les genoux
remontés sous le menton, les bras passés autour
des jambes, Camille était blottie dans un coin,
en pyjama. Ses grands yeux verts étaient rougis
par les larmes et dépassaient à peine au-dessus
de ses genoux. Elle sanglotait. Les poupées
antiques que Simon avait trouvées l'autre jour
dans le coffre étaient étendues sur le plancher
tout autour d'elle.
   Le souvenir de la petite fille que Simon avait
cru apercevoir l'autre jour lui traversa l'esprit. Il
inspecta instinctivement la pièce des yeux. Mais
Camille était seule.

⚙

Dans l'entrée, Fred vit la lumière s'allumer dans le grenier. Quelqu'un était levé. Simon ? songea-t-elle, remplie d'espoir.

Elle fut soudain terrassée par un violent malaise qui la fit plier en deux. *Frédérique...* retentit une voix dans sa tête. Une affreuse nausée lui empoigna l'estomac. Une épouvantable puanteur remplit ses narines et sa bouche. Fred vacilla et se prit la tête à deux mains.

– *Frédérique*, répéta la voix dans sa tête, encore plus fort que la première fois. *Approche. Viens me retrouver.*

Fred s'effondra lourdement à genoux sur l'asphalte. Un terrible pressentiment s'insinua au milieu de la douleur qui lui vrillait la tête : Simon était en danger. Elle devait le prévenir. Ou le protéger. Elle se releva en titubant et fit quelques pas hésitants vers la galerie.

– Frédérique...

Fred releva les yeux en grimaçant de douleur. Dans sa vieille jaquette souillée par des années de malpropreté et de folie, les cheveux en broussaille, le regard égaré, Mme Fortin se tenait dans la porte de côté. Elle pointait vers Fred un index déformé par l'arthrite. Pourtant, la Folle était morte voilà trois ans... Elle n'aurait pas dû se trouver là. C'était impossible.

– Viens, Frédérique, dit la vieille en lui faisant un affreux sourire édenté. Viens avec moi.

– Non..., gémit Fred. Je... je ne veux pas. Allez-vous-en.

— Allez, reprit la vieille, la voix doucereuse, en tendant vers elle des mains déformées. Je te connais, tu sais... Tu es partie pour un moment mais tu n'as pu résister. Tu es revenue. Je te vois, le soir, devant la maison. Au fond de toi, tu veux venir. Admets-le.

Troublée, Fred fit un pas vers l'avant. La vieille se pencha et lui offrit sa main. Fred mit la sienne dedans. Un froid terrible remonta de sa main et se répandit dans tout son corps – un froid encore plus profond que celui qu'elle ressentait depuis quelque temps.

— Viens..., susurra la vieille. Avec moi, tu n'auras plus jamais froid...

Terrifiée, Fred fit un ultime effort pour retirer sa main avant que les doigts de la vieille ne se referment dessus. Elle recula, réussit à monter sur son *skate* et se propulsa de toutes ses forces vers la rue. Une fois de l'autre côté, elle se retourna sans s'arrêter. La vieille avait disparu.

Simon accourut vers Camille. Juste avant de l'atteindre, il sentit quelque chose de terriblement froid lui effleurer le bras. L'espace d'un instant, la nausée lui saisit les entrailles et la même puanteur que celle du puits lui remplit le nez. Il secoua la tête et atteignit sa petite sœur.

— Allez, Coquerelle, haleta-t-il. On s'en va.

Le bruit d'un camion et d'un klaxon lui parvint de l'extérieur par la fenêtre du grenier, suivi du crissement de freins. Simon n'y fit pas attention. Il prit la petite dans ses bras et se dirigea vers l'escalier. Il referma vivement la trappe, la verrouilla et redescendit les marches deux à deux. Camille lui serrait le cou si fort qu'elle lui faisait mal, mais il ne dit rien. Il la sentait trembler comme une feuille contre lui.

— C'était Claire, dit Camille, le visage enfoui dans le creux de son épaule. Elle me force à venir jouer à la poupée la nuit. Sinon, elle dit qu'elle va faire du mal à Chocolat puis à maman et à toi. Elle me fait peur… Elle est très méchante.

Sa sœur toujours accrochée à son cou, Simon se dirigea vers la chambre de sa mère.

— Maman ? murmura-t-il. Maman, réveille-toi. Camille a fait un cauchemar. Je crois qu'elle est somnambule.

Pour toute réponse, il entendit Chocolat gronder et l'entrevit dans la noirceur, accroupi sur le lit de sa mère, les oreilles rabattues, les yeux brillants dans le noir.

— Maman ? redemanda Simon un peu plus fort.

Il alluma la lumière. La chambre était vide. Chocolat sauta sur le sol et disparut dans le couloir en crachant.

— Qu'est-ce qu'il y a ? fit la voix éteinte de sa mère du rez-de-chaussée.

Étonné, Simon descendit l'escalier. Il trouva sa mère dans le salon, recroquevillée sur le sofa dans le noir, le regard fixe. Elle se balançait lentement d'avant en arrière en rongeant ses ongles.

– Maman ? Es-tu correcte ? s'enquit-il avec inquiétude.

Anne parut faire un effort pour s'extirper de sa torpeur.

– Oui, oui… J'ai juste fait un cauchemar. Un autre… Qu'est-ce qu'elle a, ma petite fille ? demanda-t-elle d'une voix remplie de lassitude.

– Elle a fait un cauchemar, elle aussi. Je l'ai retrouvée en train de pleurer dans le grenier.

– Ah… Le grenier. Moi, c'est à la cave que je rêve… Et à ton père.

Elle tendit les bras et Simon y transféra Camille, qui s'y blottit aussitôt.

– Viens, Puce. Tu vas faire dodo avec maman, d'accord ?

– Je veux repartir chez nous, gémit Camille. Je veux plus habiter ici.

– Maintenant, c'est ici, chez nous, Puce, dit sa mère d'une voix lointaine. Pour toujours…

Simon laissa sa mère remonter avec sa sœur et se dirigea vers la cuisine. Cette histoire de petite fille au grenier l'avait ébranlé. Il ne pouvait s'empêcher de penser à celle qu'il croyait y avoir vue voilà quelques jours à peine. Et si Camille n'avait pas rêvé ? S'il y avait vraiment quelqu'un au grenier ? Si la voix qu'il venait d'entendre n'était pas celle de sa sœur ? Il frissonnait juste à y penser… Et sa mère qui faisait tout le temps des cauchemars et qui était devenue insomniaque.

Il se remplit un grand verre de lait et en avala une gorgée qui passa de travers. Il avait

mal au cœur et constata que ses mains tremblaient. Il avait peur.

❁

En pleine nuit, Fred était assise sur le banc,
près de l'eau. Elle regardait sans le voir le reflet
de la lune et des étoiles sur le lac. Elle avait
froid. Encore plus qu'avant. Lorsque la vieille
folle lui était apparue sur la galerie, quelque
chose s'était brisé en elle. Elle était remplie de
tristesse. Elle ne retournerait plus jamais chez
Gramps. Elle le savait maintenant. Et bientôt,
elle allait devoir quitter Simon. Mais avant, elle
devait trouver un moyen de l'aider. Sa famille et
lui étaient en danger. Comme tous les autres
avant…

Fred s'allongea sur le banc et ferma les yeux.
Un peu de repos lui ferait du bien.

❁

Tapie dans les profondeurs de la matière,
Elle était frustrée, insatisfaite. *Elle* avait longuement préparé ses proies et elles étaient presque à
point. Mais *Elle* n'avait pas prévu que l'*Autre*
résisterait autant. Voilà peu de temps encore,
l'*Autre* était le plus désespéré des trois et voilà
que maintenant, il se transformait. Il était
beaucoup plus fort qu'*Elle* l'avait soupçonné et
le devenait un peu plus chaque jour. À mesure
que les autres proies ressentaient la peur et
s'approchaient du désespoir, l'*Autre* s'en éloi-

gnait. Pour que l'*Autre* lui soit utile, pour qu'il dure longtemps et qu'il lui permette d'éviter la faim, il devait être seul. *Elle* allait devoir se presser.

❁

Cap-aux-Esprits, jeudi, 21 juillet 2005

Ordi,

Là je commence à capoter solide. Ma mère fait des cauchemars et ma sœur est somnambule. Je l'ai retrouvée au grenier cette nuit. Elle disait que c'était « la petite fille » qui la forçait à venir jouer à la poupée. Elle tremblait de peur. Moi aussi, j'en ai vu une, une petite fille, dans le grenier. Et si c'était elle qui marche là-haut la nuit ? Tu sais ce que je commence à me demander ? J'ai honte de l'écrire mais, si la maison était vraiment hantée ? Bon. Je l'ai écrit. Je me sens mieux. Mais j'ai un peu la chienne, aussi.

Toujours pas de nouvelles de Fred. Peut-être qu'elle est simplement partie.

Chapitre XV

Torpeur et insomnie

LE LENDEMAIN MATIN, Simon se leva tôt. Il devait être prêt à s'occuper de sa sœur avant que sa mère parte travailler, comme d'habitude. Il se lava et s'habilla avant de descendre déjeuner. Il repensait aux événements de la nuit, tournant et retournant dans sa tête l'histoire de Claire, la petite fille de Camille, pour lui trouver une explication logique. Mais il avait beau chercher, rien ne venait. Sa petite sœur et sa mère semblaient de plus en plus prisonnières d'un monde de cauchemars auquel il n'avait pas accès. Elles se détérioraient à vue d'œil. En trois semaines, Simon semblait être devenu le seul membre de la famille à ne pas avoir de problèmes, alors que c'étaient ses problèmes à lui qui avaient causé le déménagement à Cap-aux-Esprits. Cap-aux-Esprits… Avec tout ce qui se passait dans la maison, ce nom lui donnait la chair de poule.

Au rez-de-chaussée, il trouva sa mère en robe de chambre, les cheveux en broussaille, assise sur le sofa du salon avec une tasse de café. L'œil hagard, elle regardait fixement dans le vide.

– Qu'est-ce que tu fais là ? demanda Simon, étonné de ne pas la trouver prête à partir. Tu ne vas pas travailler ?

Anne leva sur lui des yeux cernés et remplis d'épuisement.

– Je suis trop crevée. Je ne suis juste pas capable. Ça fait tellement longtemps que je n'ai pas bien dormi que je ne sais même plus ce que je fais. Je ne peux pas aller travailler dans cet état.

– Tu devrais aller voir le docteur, suggéra Simon. C'est pas normal tous ces cauchemars. Peut-être que tu es seulement très fatiguée avec le déménagement et ton nouveau job… Ça arrive, tu sais. Il ne faut pas avoir honte.

– Le docteur…, rétorqua sa mère avec une moue méprisante. Il ne pourra rien faire, le docteur. Ce n'est pas moi qui suis malade. C'est cette maudite maison qui me rend folle.

Simon se figea.

– Je ne l'aime pas, cette maison, moi non plus, maman. Depuis qu'on est ici, tout le monde est tout croche. Peut-être qu'on devrait repartir à Montréal…

Elle échappa un rire dépité et amer.

– Elle ne nous laissera pas…

– Qu'est-ce que tu veux dire ? Qui ça, elle ?

– Rien. Ne fais pas attention, répondit Anne en haussant les épaules, dépitée. Je perds la tête.

Simon s'assit près d'elle sur le sofa et mit tendrement sa main sur la sienne.

– Tu fais peur à voir.

– Peur… Elle est bonne, celle-là. Je n'ai pas assez d'avoir peur… Voilà que je fais peur, maintenant.

– Tu devrais aller te recoucher, insista Simon.

– Crois-moi, c'est vraiment la dernière chose que je voudrais faire. Je ne veux pas rêver.

– Écoute, maman. Il va falloir que tu dormes, sinon tu vas craquer. Qu'est-ce qui va nous arriver à Camille et à moi si tu te retrouves à l'hôpital avec une dépression nerveuse ? Hein ? On a personne d'autre que toi, nous. Papa n'est plus là.

– Si seulement…

Anne le regarda tendrement et essuya une larme qui coulait le long de sa joue.

– Oublie ça. Ne t'en fais pas pour moi, mon grand, dit-elle dans un sourire forcé. Ça va aller. Il faut juste que je me repose. Tu pourrais quand même t'occuper un peu de Camille aujourd'hui ?

– Pas de problème. Je l'aurais fait de toute façon. Pis c'est pas comme si j'avais mieux à faire, répliqua-t-il en songeant à Fred qu'il n'avait pas revue depuis si longtemps et qui l'avait sans doute oublié.

Anne lui sourit et lui caressa tristement la joue.

– Merci. Tu es gentil. Va déjeuner.

– Tu as mangé ? demanda Simon.

– Non.

– Tu veux que je te prépare quelque chose ?

– J'ai vraiment pas faim. J'ai mal à la tête et j'ai l'estomac à l'envers. Merci quand même, mon grand.

Rongé par l'inquiétude, Simon se dirigea vers la cuisine et prit un muffin avec un verre de lait. Il était en train de manger sans appétit lorsque Camille entra d'un pas traînant dans la cuisine. Elle était pâle et les cernes sous ses yeux trahissaient le fait qu'elle avait mal dormi. Elle aussi.

– Allô, Coquerelle. Ça va ? demanda Simon, inquiet des conséquences des événements survenus pendant la nuit.

– Non… J'ai mal à la tête. Et j'ai mal au cœur…

– Bon… Tu ne veux pas manger, toi non plus ?

– Non.

– Tu aimerais aller au parc ? proposa Simon avec un enthousiasme feint. Hein ? Ça te ferait du bien, ça ! Tu pourrais jouer avec Élodie.

– Non… Élodie, elle ne peut plus venir ici. Claire ne veut pas…

– Coquerelle… *Come on*… Arrête de capoter avec Claire, OK ? supplia Simon. Tu commences à me faire vraiment peur, là…

– Mais tu l'as vue, toi aussi…

– Moi ? Non, se défendit Simon. Je n'ai rien vu.

– Oui. Elle m'a dit qu'elle t'avait parlé.

Sa petite sœur riva sur lui un regard perçant, beaucoup trop vieux pour ses cinq ans. Elle semblait attendre qu'il lui confirme que la mystérieuse petite fille n'habitait pas seulement ses cauchemars. Mais Simon ne pouvait pas s'y résoudre. Après quelques instants, Camille baissa la tête, l'air déçu.

– Je retourne dans ma chambre, dit-elle tout bas en tournant les talons.

– C'est ça. Dors un peu. Ça te fera du bien.

– Non... Je vais jouer à la poupée, dit Camille, d'une voix résignée.

Simon l'écouta s'éloigner d'un pas traînant qui lui rappelait étrangement le sien, voilà quelques semaines à peine. Le pas de quelqu'un de découragé, de brisé.

❁

Fred avait passé la nuit sur son banc à écouter le bruit des vagues. Elle n'avait pas sommeil. Elle savait qu'elle ne serait plus jamais la même. La vieille avait ravivé en elle des souvenirs terribles qu'elle avait enfouis au plus profond de sa mémoire et auxquels elle devait maintenant faire face. Elle regarda ses doigts et constata qu'ils tremblaient. Elle avait si froid. Elle avait l'impression que ce qu'il lui restait s'écoulait par tous les pores de sa peau.

Pourtant, pour la première fois depuis qu'elle était de retour au village, Fred avait le vague sentiment que son existence avait un sens, qu'il y avait quelque chose de précis, d'important, qu'elle devait faire. Mais, elle avait tellement de mal à se concentrer. Elle avait l'impression que son cerveau était rempli de mélasse. Dans sa tête, les idées se formaient avec difficulté et s'échappaient aussi vite qu'elles étaient apparues.

Fred fit un immense effort de concentration. Simon. Il fallait qu'elle parle à Simon. Qu'elle lui explique.

Elle se leva difficilement de son banc. Son corps lui paraissait peser des tonnes. Ses jambes étaient lourdes et elle avait la tête qui tournait. Elle devait faire vite. Elle monta sur son *skate* et se mit en route.

Sous la douche, Anne essayait de secouer la profonde torpeur qui l'avait envahie. Simon avait raison. Elle devait se reprendre en mains. Trouver une manière. Pour les petits. Mais la vie était devenue si lourde. Les deux années passées à s'inquiéter de Simon l'avaient sans doute rattrapée. Le déménagement, le nouvel emploi… C'était trop. Si seulement elle avait pu arriver à dormir correctement. Mais il y avait ces rêves et les idées sombres qu'elle y trouvait…

L'image de Jean-Pierre lui revint en tête. Réel ou imaginaire, Jean-Pierre était devenu pour Anne une présence presque perpétuelle, à la fois terrifiante et rassurante. Était-il vraiment là ? Elle avait du mal à le dire. Dans son esprit, le rêve et la réalité se confondaient de plus en plus. Elle avait l'impression de n'être qu'un automate qui traversait les journées sans réactions.

Anne était si fatiguée… Peut-être que Jean-Pierre avait raison ? Il serait si facile d'en finir…

Juste un petit coup de couteau en travers de la gorge, une corde autour du cou et elle aurait la paix. Elle n'aurait plus jamais peur. L'angoisse de ne pas réussir à assurer le bonheur de ses enfants disparaîtrait à jamais. Elle dormirait enfin. Elle se reposerait. Avec Jean-Pierre, dans la cave. Dans le puits.

Elle secoua la tête. Ces sombres pensées l'assaillaient de plus en plus souvent depuis que Jean-Pierre (était-ce vraiment lui ?) les avait plantées dans son esprit. *Seigneur*, songea-t-elle. *Tuer mes propres enfants. Mes petits… Et me suicider, bêtement. Mais qu'est-ce qui m'arrive ?* Elle ferma le robinet d'eau chaude et se tint sous le jet froid. Une douche froide lui replacerait peut-être les idées. Crispée, frissonnante, elle sentait sa tête s'éclaircir un peu lorsque la température de l'eau augmenta d'elle-même. Anne rouvrit les yeux. Dans le fond de la baignoire, un liquide rouge tourbillonnait lentement autour du drain. Du sang. Mais Anne avait transcendé la peur. Il n'y avait en elle plus qu'indifférence, lassitude et désespoir. Elle ferma calmement les robinets, s'assit dans la baignoire ensanglantée et se mit à sangloter. Elle en avait tellement marre. Elle voulait juste dormir. Longtemps. Très longtemps…

Lorsqu'elle finit par sortir, Anne s'essuya à la hâte et s'enveloppa dans une serviette. Le liquide qu'elle épongea était parfaitement normal. De l'eau. Apathique, elle n'essaya même pas de s'expliquer sa plus récente hallucination. Depuis une semaine, ces rêves éveillés étaient devenus une partie intégrante de sa vie – de ce qui en restait en tout cas. Elle devenait folle, un point c'est tout. Il fallait l'accepter. Elle se rendit dans sa chambre et enfila un survêtement de jogging gris et ennuyant qu'elle ne portait que lorsqu'elle se sentait malade.

Elle s'examina dans le miroir et eut du mal à reconnaître le visage qu'il lui renvoyait. Les traits tirés, les yeux cernés, elle avait des rides qu'elle n'avait jamais remarquées auparavant. Et elle avait des cheveux gris. Voilà trois semaines encore, elle n'en avait aucun. On lui aurait donné vingt ans de plus que son âge.

Dans le miroir, derrière elle, elle aperçut Jean-Pierre, putréfié mais souriant, qui lui tendait un couteau. Telle un automate, Anne tendit la main vers le miroir.

Soudain, la voix de Camille la tira de sa fascination.

– Maman ! Viens vite ! cria Camille.

Seigneur… Quoi encore ? gémit Anne intérieurement. Elle trouva Camille debout au milieu d'un véritable capharnaüm.

– Mais qu'est-ce qui s'est passé ici ? souffla Anne, sidérée.

La chambre était sens dessus dessous. Toutes les affiches étaient déchirées. Les livres, les disques compacts et les bibelots étaient renversés sur le plancher. Les poupées gisaient par terre et plusieurs têtes de porcelaine étaient réduites en miettes. Le couvre-lit, les couvertures et les rideaux avaient été arrachés. Sur la commode, l'aquarium reposait sur le côté et le plancher était trempé. Le pauvre Bertrand arrivait à peine à bouger dans les quelques millilitres d'eau qui s'étaient accumulés dans un recoin. Au milieu de tout ce dégât, Camille la regardait, ses grands yeux remplis de larmes, les bras ballants, complètement dépassée par les événements.

— J'ai rien fait, maman. Je te jure, gémit-elle. C'est arrivé pendant que tu étais dans la douche. Je jouais à la poupée et tout s'est mis à tomber… C'était…

— Je sais, Puce. C'était Claire…

— Oui… Elle a dit que j'allais bientôt venir la retrouver.

Simon apparut soudain derrière elle.

— T'as besoin d'aide, on dirait, remarqua-t-il.

Anne se contenta de forcer un sourire. Pendant que Simon descendait chercher une vadrouille, une chaudière et l'aspirateur, Anne remplit l'aquarium pour sauver le pauvre Bertrand. Durant l'heure qui suivit, avec l'aide de Simon et de la pauvre Camille, elle essuya l'eau qui s'était répandue un peu partout, ramassa les miettes de porcelaine, les morceaux de boîtes de disques compacts et les éclats de bibelots, rangea à sa place ce qui n'était pas cassé, replaça sur leur tablette les quelques poupées qui avaient survécu, recolla les affiches de son mieux et jeta celles qui ne pouvaient être utilisées. Puis elle passa l'aspirateur partout.

Lorsque tout fut mis en place, elle descendit et s'effondra sur le divan. Camille vint la rejoindre et se blottit contre elle. Simon les

suivit quelques minutes plus tard avec l'aspirateur, la vadrouille et les chaudières.

— Simon? demanda-t-elle.

— Quoi?

— Tu pourrais aller acheter des analgésiques
au dépanneur? J'ai tellement mal à la tête.

— OK. J'y vais tout de suite.

Chapitre XVI

Abandon et solitude

FRED était immobile devant la maison de Mme Labonté, en biais de celle de Simon. Ses bras enveloppant son ventre, elle tremblait et elle avait affreusement mal dans tout son corps. Elle respirait par secousses et sa tête était si douloureuse que des points lumineux dansaient devant ses yeux.

Elle avait tenté de s'approcher davantage de chez Simon mais elle avait eu beau se faire violence, la peur était la plus forte. Le souvenir de la vieille folle sur la galerie, qui l'invitait à entrer, la paralysait. Instinctivement, elle sentait que ce qu'elle trouverait dans cette maison serait bien pire que ce qu'elle vivait maintenant. Infiniment pire.

Tant pis. Elle avait fait de son mieux. Si seulement elle avait compris plus tôt... Peut-être qu'elle aurait pu faire mieux. À regret, elle rebroussa chemin, abandonnant volontairement Simon et sa famille à leur sort. Elle retournerait simplement chez *Gramps* et elle y resterait, bien tranquille, en attendant.

❀

Dévoré par l'inquiétude, Simon sortit, enfourcha son vélo et s'élança dans la rue. Il savait très bien que des analgésiques ne changeraient rien à l'état de sa mère, mais il ignorait quoi faire d'autre. Y avait-il même un médecin à Cap-aux-Esprits qu'il pourrait consulter ? Un travailleur social ? Un psychologue ? Un *exorciste* ? se demanda-t-il avec amertume.

Il venait à peine de traverser la rue lorsque son cœur bondit dans sa poitrine. Au loin sur le trottoir, il aperçut Fred qui s'éloignait sur son *skate*. Même de dos, il n'y avait aucun doute : les vêtements noirs, les cheveux bleus… C'était elle. Il accéléra.

— Fred ! cria-t-il en s'approchant. Hé ! Fred !

Fred se raidit sur son *skate*. Elle tourna la tête vers lui et sembla hésiter avant de s'arrêter. Simon la rejoignit. Elle l'accueillit avec froideur.

— Salut ! s'écria Simon, fou de joie. Mais où t'étais ? Ça fait deux semaines que je te cherche.

Fred haussa les épaules en silence, le regard fixé sur le sol.

— Il faut que j'aille au dépanneur pour ma mère, mais on pourrait faire du *skate* après, insista Simon. Ça te dirait ? Hein ? Ça fait tellement longtemps.

Fred leva les yeux vers lui et soupira. Simon se figea sur place. Elle avait l'air affreusement malade. Elle avait le teint si pâle qu'il pouvait apercevoir de petites veines bleues sous la peau de son visage. Ses blessures étaient non seulement réapparues, mais elles avaient empiré. Ses yeux étaient creux et cernés. Ses cheveux avaient perdu tout leur lustre et étaient plaqués sur sa tête.

– Seigneur…, murmura Simon. Mais qu'est-ce qui t'arrive ?

Fred ne répondit rien. Elle paraissait mal à l'aise et regardait ses pieds en tortillant ses mains. Elle soupira de nouveau.

– Écoute Simon. On ne peut plus se voir, OK ? Je vais bientôt devoir partir.

– Tu déménages ?

Fred haussa les épaules et fit une moue embarrassée. Simon avait le cœur brisé.

– Tu pars quand ? demanda-t-il, la gorge serrée.

– Je ne sais pas exactement. Dans pas long-temps, je crois…

– Et tu vas aller où ?

– Loin d'ici.

– Mais…

Avant que Simon ne puisse ajouter quoi que ce soit, Fred remonta sur son *skate* et s'élança. En quelques secondes, elle fut loin. Simon pencha tristement la tête et se remit en route. Il devait acheter des analgésiques et retourner chez lui. Maintenant, il était vraiment seul avec tous ses problèmes. Il avait envie de brailler.

De retour à la maison, Simon entra en traînant tristement les pieds.

– Maman ? J'ai tes pilules, cria-t-il.

Seul un lourd silence lui répondit.

– Maman ? insista-t-il en arpentant le rez-de-chaussée.

Dans l'état où était sa mère, ce silence ne lui disait rien de bon. Le ventre noué par l'inquiétude, il s'élança dans l'escalier. Il la trouva assise à l'indienne sur son lit, vêtue d'un vieux survêtement de sport gris. Le regard fixe, elle oscillait d'avant en arrière en marmonnant quelque chose d'incompréhensible. Dans une main, elle tenait un couteau de cuisine qu'elle caressait distraitement de ses doigts. Il s'approcha.

– Maman ? demanda-t-il d'une voix étranglée. Qu'est-ce que tu fais avec ça ? Tu vas te blesser !

Anne sembla émerger lentement d'un rêve trouble. Elle tourna la tête vers lui et le regarda, l'air confus. Puis elle avisa le couteau.

– Je ne sais pas... Je... Je l'ai trouvé sur ma commode. Il faudrait le redescendre dans la cuisine.

– Donne-moi ça, OK ?

Simon lui retira doucement le couteau des mains et le posa sur la commode.

– J'ai tes pilules, ajouta-t-il en lui montrant la petite bouteille de plastique. Tu as encore ta migraine ?

– Seigneur, oui...

– Tu veux un verre d'eau ?

– Un verre d'eau... Oui. Ce serait gentil.

Il sortit et se rendit dans la salle de bains. Une fois sur place, il prit une décision. Il referma la porte et la verrouilla comme s'il allait à la toilette, puis, sans faire de bruit, ouvrit

204

l'armoire à pharmacie. Il croyait se rappeler qu'au pire de sa crise, l'an dernier, le médecin avait prescrit des somnifères à sa mère. Elle avait refusé de les prendre, mais ils devaient bien être encore quelque part. Si seulement il pouvait les retrouver… Ce qu'il venait de voir l'avait profondément troublé. L'air absent qu'il avait vu sur le visage de sa mère, ce couteau qui s'était retrouvé entre ses mains et qu'elle caressait… C'était affreusement inquiétant. Elle devait absolument dormir. Sinon, Simon n'osait même pas imaginer ce qui pourrait se produire.

L'armoire à pharmacie ne contenait pas grand-chose. La famille n'était pas du genre à prendre des médicaments pour rien. Il y trouva un tube d'onguent antibiotique, quelques pansements, du maquillage… Au fond, derrière tout le reste, il aperçut une bouteille portant une prescription. Il la lut. *Prendre un ou deux comprimés au coucher en cas d'insomnie passagère.* Voilà. C'était ça. Il ouvrit la bouteille, en sortit deux comprimés et les compara aux analgésiques. Ils étaient un peu plus petits mais les deux étaient blancs. Dans l'état où elle se trouvait, sa mère ne verrait pas la différence. Il remplit un verre d'eau et retourna trouver sa mère.

– Tiens. Ça va te faire du bien.

– Merci.

Anne mit les deux comprimés dans sa bouche et avala l'eau.

– Étends-toi un peu, suggéra Simon. Ça va aider le mal de tête à passer.

– Non… Je ne veux pas dormir.

– Alors garde les yeux ouverts. Mais repose-toi. OK ? Je vais m'occuper de Camille.

– OK…

Simon sortit de la chambre et se mit à la recherche de sa sœur. Sa voix lui parvint du grenier. Elle semblait parler à quelqu'un.

– Coquerelle ? Qu'est-ce que tu fais là-haut ?

– Je joue à la poupée, répondit Camille.

– OK. Si tu as besoin de moi, je suis dans ma chambre.

Simon s'enferma dans sa chambre et alluma son portable. Il avait terriblement besoin de faire le ménage dans sa tête. Il se sentait mal d'avoir ainsi trompé sa pauvre mère mais c'était pour son bien. Il ne savait pas quoi faire d'autre.

Sur son lit, Anne avait les paupières lourdes. Elle luttait de toutes ses forces contre le sommeil qui l'envahissait. Elle essaya de se lever mais fut incapable de bouger. *Non… Seigneur, non…*, songea-t-elle avant de sombrer dans le sommeil.

✿

Assise sur la galerie de son grand-père, Fred se détestait vraiment. Elle avait abandonné Simon, seul, dans cette maison maudite. Sa famille et lui allaient finir comme les Fortin. Elle le savait. Mais peu importe les conséquences, elle était incapable de retourner près de cette maison. Elle avait trop peur.

Assis près d'elle, son grand-père fixait le lac en silence.

Cap-aux-Esprits, vendredi, 22 juillet 2005

Ordi,

On dirait que tout s'effondre. J'ai vu Fred aujourd'hui. Je sais pas ce que j'ai fait mais elle ne veut plus me voir. Elle a l'air terriblement malade. J'ai regardé ses bras sans que ça paraisse mais je n'ai pas vu de traces de piqûres. De toute façon, elle dit qu'elle s'en va bientôt. Qu'elle aille chez le diable. J'ai pas besoin d'elle. Elle m'a assez fait niaiser.

Ma mère est toute croche. Des fois, j'ai presque peur qu'elle se suicide. Tu t'imagines ? Si j'arrivais à la maison un de ces jours et que je la trouvais morte ? Je sais pas ce que je ferais. Ça me donne la chienne juste d'y penser.

Pis ma sœur est dans le même état. Elle dort plus, elle mange plus et chaque fois qu'elle remonte dans sa chambre, elle a l'air d'une condamnée à mort.

Je suis tellement écœuré… Je veux sortir d'ici.

S.

❀

Depuis les profondeurs de la matière où elle existait, *Elle* avait accompagné ses proies dans leur marche vers le désespoir, attisant leur peur, nourrissant leur angoisse jusqu'à ce qu'elle soit à point. *Elle* les connaissait mieux qu'elles ne se connaissaient elles-mêmes. Comme toujours, *Elle* avait écouté son instinct. *Elle* avait su trouver le point le plus faible de ses proies, l'élément central sur lequel leur identité était construite. Et *Elle* l'avait exploité.

Maintenant, le temps était venu de les pousser vers le moment ultime du désespoir. Ensuite, *Elle* pourrait prendre son temps avec l'*Autre*.

❀

Le samedi matin, Simon était le premier debout. Les bruits dans son plafond l'avaient empêché de dormir. De toute façon, il était trop inquiet pour fermer l'œil. Il avait passé la nuit à se lever pour aller jeter un coup d'œil sur sa mère et sa sœur. Les deux avaient eu un sommeil troublé. Surtout sa mère, qui gémissait et marmonnait dans son sommeil et gesticulait sans cesse. Simon l'avait observée longuement, debout dans l'embrasure de la porte. Ses paroles incohérentes lui avaient glacé le sang. *Non… Pas mes petits… Non… Pas le couteau. Je ne veux pas…* Les rêves qu'elle faisait paraissaient terribles. Camille, elle, s'était endormie avec ses poupées étendues autour d'elle sur son lit. Depuis que les siennes avaient été fracassées, elle avait adopté les vieilles poupées que Simon avait trouvées dans le grenier et ne s'en séparait plus. Camille aussi rêvait mal. *Non... Je veux plus jouer... Va-t'en... Non. Fais pas mal à Chocolat...*, marmonnait-elle dans son sommeil. Il valait mieux les laisser dormir. Elles en avaient vraiment besoin.

L'esprit embrumé, il s'habilla et descendit déjeuner. Il avala sans appétit deux rôties avec de la confiture et un verre de lait puis, comme tout était tranquille, décida d'aller prendre l'air. Pas longtemps. Il se rendrait juste au bureau de poste. Personne n'avait ramassé le courrier depuis plusieurs jours. Il devait y en avoir une tonne dans la boîte postale.

Le bureau de poste était situé juste à côté de *Chez Georges*. Il s'y rendit en *skate*. Comme il l'avait anticipé, la boîte postale débordait. Il en extirpa des enveloppes de toutes les tailles et les feuilleta. Des factures, pour la plupart. Une grande enveloppe attira son attention. Elle lui était adressée. Ça venait du collège Sainte-Marie. Il sortit, s'assit dans l'escalier du bureau de poste et l'ouvrit. À l'intérieur se trouvait une brochure d'information sur le collège, la liste de ses cours pour cette année et plusieurs formulaires que sa mère devait remplir. Malgré lui, il éprouvait une certaine curiosité pour sa nouvelle école. Il était temps qu'il se prenne en mains. Et puis, avec Fred qui n'était plus dans le portrait, il faudrait bien qu'il rencontre du monde. Il feuilleta la brochure remplie de photos d'élèves souriants et visiblement heureux. Évidemment, c'était une brochure publicitaire. Ils n'allaient quand même pas avoir l'air de s'emmerder…

Il allait refermer la brochure lorsqu'une photo retint son attention. Plusieurs filles participaient à une partie de basketball dans le gymnase du collège. L'une d'entre elles courait vers le panier en dribblant avec détermination. Fred, les cheveux bleus, les joues rougies par l'effort, souriait à pleines dents. Simon lut la légende.

Frédérique Deslauriers, capitaine,
et les filles de troisième secondaire,
championnes régionales de basketball en 2003.
Tu nous manques, Fred !

Il regarda à nouveau la photo, attendri. Elle avait l'air si heureuse, si pleine de vie. Mais qu'est-ce qui avait bien pu lui arriver pour qu'elle change à ce point ? La fille renfermée et sombre qu'il connaissait n'avait rien en commun avec cette capitaine de l'équipe de basketball. Mais qu'est-ce qui avait bien pu lui arriver entre-temps ? Pourquoi était-elle devenue si froide, si désabusée ? En tout cas, ça s'était produit entre 2003 et son retour au village. Cette photo en était la preuve. S'il l'avait connue à cette époque, peut-être que les choses auraient été différentes ? Il secoua la tête pour en chasser la nostalgie. De toute façon, Fred avait été claire : elle ne voulait plus le voir. Et puis, elle était bourrée de problèmes. Même s'il n'avait pas réussi à voir de traces de piqûres, elle se dopait, c'était évident. La pâleur, les tremblements, les frissons, les douleurs un peu partout… Elle avait tous les symptômes d'une junkie en manque. Et ces blessures qu'elle avait à tout bout de champ sur le visage… Mais elle ne voulait pas d'aide, c'était évident. Tant pis pour elle. Avec sa mère qui déprimait, Simon avait suffisamment de problèmes comme ça.

❀

Anne s'éveilla, confuse. La bouche pâteuse, la tête lourde, elle ne s'était jamais sentie aussi vidée. Assise sur son lit, elle se frotta le visage pour se réveiller. Peu à peu, la mémoire lui revint. Elle avait dormi. Et Jean-Pierre avait passé toute la nuit avec elle à l'inviter à en finir, à le rejoindre, à se reposer enfin… Elle n'en pouvait plus.

De sa chambre, elle pouvait entendre Camille qui pleurnichait doucement dans son lit. Camille aussi en avait assez.

Dans les profondeurs de l'esprit d'Anne, les dernières résistances s'effondrèrent. Il était temps. Elle se leva et empoigna le couteau de cuisine que Simon avait posé sur la commode. Elle se dirigea vers la chambre de Camille et trouva sa fille assise dans son lit, les yeux rougis par les larmes. Trois longues égratignures parallèles traversaient sa joue gauche.

– Maman… Je veux plus que Claire vienne jouer avec moi… Elle est méchante.

– Je sais, Puce. Viens. Maman va s'occuper de toi. Nous allons être tranquilles, tu vas voir.

Camille se leva et vint la rejoindre. Ensemble, elles montèrent au grenier.

Chapitre XVII

Désespoir

Les MAINS pleines d'enveloppes, Simon peina pour ouvrir la porte sans rien échapper. Il y parvint de peine et de misère et allait entrer dans la cuisine lorsqu'un éclair beige et blanc lui traversa les jambes en crachant. Simon laissa choir les enveloppes sur le sol et sortit aussitôt sur la galerie.

– Chocolat! hurla-t-il. Reviens!

Il ne manquait plus que ça, se lamenta mentalement Simon. Il s'élança à la poursuite du chat et le vit entrer dans la grange. Il trouva le minet tapi dans un coin, les oreilles rabattues sur le crâne. Lorsqu'il s'approcha, Chocolat cracha et grogna.

– Mais qu'est-ce que t'as, Choco? roucoula Simon. Hein? Qu'est-ce qu'il a le minou maigre?

Il se pencha pour le prendre mais Chocolat lui griffa la main avant de fuir à l'extérieur. Simon le suivit et le vit s'éloigner dans la forêt derrière la maison. Il ne manquait plus que ça… S'il fallait que Camille perde son chat en plus… Il s'engagea sur ses traces. Pendant l'heure qui suivit, il chercha en vain dans tous les recoins, dans tous les buissons, sous tous les arbres. C'était comme si Chocolat s'était dématérialisé. Il cut beau appeler, le minet ne donna aucun signe. Simon était désemparé. Il fallait à tout prix retrouver Choco. Peut-être que sa mère y arriverait. Après tout, Choco l'aimait beaucoup plus qu'il ne l'aimait…

Il rebroussa chemin et rentra dans la maison.

– Maman ? cria-t-il. Choco s'est sauvé !

Il fut accueilli par un lourd silence. Il était presque dix heures mais il n'y avait aucune trace récente de déjeuner dans la cuisine. La table et le comptoir étaient immaculés. La cafetière était sèche. Sa mère dormait-elle encore ? Peut-être avait-il forcé la dose de somnifères ? Inquiet, il traversa la cuisine et passa dans la salle à manger.

La porte de la cave était ouverte. Il s'y dirigea et y jeta un coup d'œil. Depuis l'épisode du puits, il n'y était pas redescendu. Une odeur pestilentielle, qu'il reconnaissait entre toutes, montait de la cave, épaisse et presque tangible.

– Maman ? appela-t-il craintivement. Tu es là ?

Pour toute réponse, un gargouillement liquide au milieu duquel semblait percer une voix humaine monta de la cave. Alarmé, Simon oublia instantanément ses réserves et descendit deux à deux les marches de l'escalier. Une fois en bas, il se figea sur place, incapable de donner un sens à ce que voyaient ses yeux.

Au milieu des boîtes qu'il avait déplacées une dizaine de jours plus tôt se trouvait sa mère. Elle était debout sur un petit tabouret posé sur le couvercle de métal qui semblait vibrer. Elle avait passé à son cou une grosse corde de chanvre dont l'autre extrémité était attachée à la poutre centrale. Son regard se fixa sur Simon mais elle ne sembla pas le voir.

En un infinitésimal instant, les pensées les plus diverses s'entrechoquèrent dans la tête de Simon. Comment sa mère en était-elle arrivée là ? Était-ce de sa faute à lui ? Où était Camille ? Lui était-il arrivé quelque chose ? S'il se couvrait les yeux, tout cela allait-il disparaître ? Allait-il se réveiller de ce cauchemar ?

Il devait l'empêcher de poser un geste irréparable. Secouant sa panique, Simon se précipita vers sa mère et l'empoigna par les cuisses. Dans sa panique, il heurta le tabouret qui se renversa. Le poids de sa mère se décupla tout à coup et il dut la soutenir de toutes ses forces pour réduire la pression exercée sur sa gorge par le nœud coulant. Le temps s'arrêta. Tout n'était plus que nécessité de la porter, pour l'éternité s'il le fallait. Gémissant, pleurant à chaudes larmes, haletant autant d'impuissance que de panique, il tenait entre ses mains la vie de sa mère. S'il faiblissait, elle disparaîtrait à jamais et il devrait passer le reste de sa vie en sachant qu'il avait échoué. Mais, indifférents à sa volonté, ses bras faiblissaient. Les muscles de ses poignets et de ses avant-bras commençaient à trembler. Désespéré, il regarda autour de lui. Le tabouret. Si seulement il parvenait à l'attraper.

Grognant sous l'effort, Simon transféra le poids de sa mère sur une épaule et tendit son bras libre vers le tabouret. Il lui manquait plusieurs centimètres. Il reprit sa mère des deux mains et étira la jambe le plus loin qu'il le put. Du bout du pied, il réussit à attirer le tabouret vers lui, quelques centimètres à la fois. Au moment où il croyait être arrivé aux limites de ses forces, il parvint à le saisir par une patte et à le remettre debout. Dans un effort suprême, il se releva et déposa les pieds de sa mère bien à plat sur le tabouret. Elle était pratiquement évanouie et, les yeux vitreux, titubait mollement sur son perchoir de fortune. De son mieux, il la maintint en équilibre en l'appuyant contre lui et parvint à desserrer le nœud qui lui écrasait les voies respiratoires, puis le passa au-dessus de sa tête avec soulagement. Elle s'effondra aussitôt dans ses bras et les deux tombèrent lourdement à la renverse sur le sol, le corps de Simon absorbant le choc. Il en eut le souffle coupé. L'espace d'un instant, tout devint noir et il dut lutter pour rester conscient. Sa mère avait besoin de lui. Avec effort, il la retourna sur le dos et se pencha sur elle. Elle respirait. Son souffle était saccadé et râpeux, mais elle était vivante. Il lui caressa les cheveux en pleurant.

Elle avait parfaitement préparé cette proie. Sa peur et son désespoir avaient atteint leur apogée. Ils étaient délicieusement intenses et frémissants. *Elle* allait savourer l'accomplissement de ses efforts et de sa patience lorsque l'*Autre* avait surgi et avait brusquement interrompu sa délectation. L'*Autre* n'aurait pas dû se trouver là. Son tour n'était pas encore venu.

Depuis toujours, *Elle* n'avait recherché que la peur et le désespoir. C'était tout ce qu'*Elle* connaissait. Le courage, la détermination, l'amour d'un fils pour sa mère étaient pour *Elle* des sentiments inconnus au goût immonde qui pénétrèrent au plus profond de son être avant qu'elle ne puisse s'en prémunir. Ce qu'*Elle* ressentit lui fit l'effet d'une décharge électrique. *Elle* réagit comme tout animal blessé. *Elle* attaqua.

❁

— Pourquoi tu voulais faire ça, maman ? Pourquoi ? demanda Simon, haletant, en caressant les cheveux d'Anne.

Sa mère ouvrit les yeux. Elle agrippa Simon par le t-shirt, releva la tête et émit un râle à peine audible. Dans ses yeux exorbités, Simon sentait un message urgent qu'il n'arrivait pas à décoder. Il la déposa doucement sur le sol et se pencha au-dessus d'elle, approchant son oreille de sa bouche.

La main appuyée sur le plancher de la cave, il sentit soudain un léger tremblement. Sa mère dirigea vers le puits un regard rempli de terreur. La vibration enfla et devint un grondement sourd. Toute la maison fut bientôt secouée. Simon et sa mère furent saupoudrés d'une fine

couche de poussière qui tombait du plafond.
Un craquement sec fit sursauter Simon. Une
fissure était apparue dans la fondation, traver-
sant le mur de la cave de haut en bas. Au
plafond, l'ampoule électrique oscillait au bout
de son fil.

Assise sur la galerie de son grand-père, Fred
était rongée par la culpabilité. À côté d'elle,
Gramps lisait son journal du samedi, une tasse
de café frais sur la petite table de patio près de
lui. Fred le regarda avec tendresse. Elle aimait
tellement *Gramps*... Elle lui devait tant... Il
l'avait élevée comme sa propre fille et lui avait
tout donné.

Fred était déchirée. Elle désirait de tout son
être rester encore un peu avec *Gramps*. Même
s'il avait beaucoup changé, même s'il était
devenu renfermé et triste, il restait son *Gramps* à
elle... Spontanément, elle prit une décision et se
leva d'un coup. En passant devant son grand-
père, elle l'embrassa sur la joue avec tendresse.

– Bye, *Gramps*..., murmura-t-elle. Je
t'aime.

Elle descendit les marches et monta sur son
skate. En s'éloignant, elle se retourna une
dernière fois. Le vieil homme regardait tristement le lac.

Simon se remit péniblement sur ses pieds, passa un bras de sa mère par-dessus son épaule et l'aida à se relever. Elle tenait à peine sur ses jambes et il devait la supporter. Terrifié, déséquilibré par les secousses incessantes, il tituba avec son fardeau vers l'escalier. Il n'avait fait que quelques pas lorsque la pièce se transforma en un immense kaléidoscope aux teintes rouges, jaunes et orangées. Un vent brûlant et violent se mit à tourbillonner dans la cave.

Simon et sa mère furent projetés sur le sol. Sa tête heurta le béton. Il s'assit et sentit un liquide chaud lui couler le long du visage. La main devant les yeux pour éviter d'être complètement aveuglé, il regarda dans la direction du puits. Le lourd couvercle était ouvert. Une intense lumière s'échappait de l'ouverture et s'accumulait au-dessus en un nuage mouvant qui grossissait à vue d'œil. Au milieu, une forme humaine, aux contours flous, apparut, se contorsionnant, comme torturée. La tête de la chose se tourna dans sa direction et s'avança au cœur de la lumière. Un visage incomplet aux traits vaguement féminins se pressa contre le contour de la lumière qui s'étira comme une pellicule plastique. Les traits sommaires prirent une expression de haine pure. La bouche s'ouvrit et émit un cri perçant qui n'avait rien d'humain. Assis sur le sol, Simon se plaça instinctivement devant sa mère pour la protéger.

La lumière se distendit. Des doigts, une main puis un bras en émergèrent. Le membre lumineux s'avança vers eux. Avant que Simon ne puisse réagir, la main le saisit par le bras et le projeta sur le côté. Il frappa violemment l'escalier et s'écroula sur le sol. Une douleur intense lui traversa les côtes. Étourdi, il vit la main saisir sa mère par la cheville et la tirer vers le puits. Les deux jambes d'Anne disparurent dans l'ouverture.

En se tenant les côtes, Simon s'élança vers sa mère, qui tentait en vain de se retenir avec ses ongles sur le plancher de béton. Il la saisit par un poignet et, oubliant sa douleur, tira de toutes ses forces. Arc-bouté contre le sol, il luttait avec ses dernières énergies. Le vent qui remplissait la cave tourbillonnait, soulevant la poussière, projetant des débris et de petits objets dans toutes les directions. Pour la première fois depuis qu'il les avait laissés pousser voilà deux ans, Simon maudit ses cheveux longs qui s'agitaient devant son visage et l'empêchaient de bien voir.

En réaction à ses efforts, le visage informe dans le nuage se contorsionna et la lumière devint encore plus brillante. Aveuglé, Simon sentit la chaleur intense qui en émanait lui rôtir la peau. La sueur lui brûlait les yeux. Tous ses muscles tremblaient sous l'effort. Ses côtes blessées le faisaient horriblement souffrir et il avait peine à respirer. Imperceptiblement, sa mère glissait toujours dans le puits, mais Simon tirait lui aussi, sans relâche. Il sentit l'épaule de sa mère se démettre. Son hurlement de douleur perça le bruit du vent. Mais il continua à tirer. Le niveau d'intensité de la lumière augmenta encore. Le nuage se gonflait puis se contractait tel un être vivant. La chaleur devint suffocante. Le vent augmenta en force. Autour de lui, tout tremblait et tourbillonnait. Mais Simon tenait bon.

Il était à bout de souffle et toussait. Avec étonnement, il constata que la cave était remplie de fumée. Autour de lui, des flammes étaient apparues dans la vieille structure de bois de la maison. Au milieu des flammes qui enflaient à une vitesse folle, Simon luttait pour la vie de sa mère plus que pour la sienne. Et il perdait le combat. La peur et le désespoir cédèrent la place à la colère.

– Lâche ma mère, saloperie ! hurla-t-il. Lâche-la !

Simon lâcha sa mère.

✿

Lorsque Fred arriva en vue de la maison de Simon, elle s'arrêta. Une peur primale, paralysante, la saisit à nouveau. Elle n'y arriverait jamais. Déchirée, elle se tenait sur le trottoir, incapable d'avancer. La douleur qui lui traversait le corps était plus intense que jamais. Elle avait l'impression que si elle faisait un mètre de plus, elle allait éclater.

Elle aperçut de la fumée qui s'échappait des fenêtres de la cave. La maison était en feu. Simon et sa famille allaient mourir. Fred oublia tout et s'élança sur son *skate*. Au fond, elle n'avait jamais vraiment eu le choix… Depuis le début, sa mission avait été claire. Il lui avait juste fallu beaucoup de temps pour la comprendre.

❁

Simon attrapa le couvercle de métal à deux mains et le souleva. Il se trouvait à quelques millimètres à peine de la lumière dont la chaleur lui pénétrait le corps jusqu'aux os. Malgré le bruit qui remplissait la cave, il entendit le grincement des pentures lorsqu'il fit pivoter le couvercle. Près de lui, la chose qui se trouvait au centre de la lumière jeta sur lui un regard mêlé d'étonnement et de haine. Avec ses dernières énergies, Simon parvint à rabattre le couvercle contre la lumière et poussa de toutes ses forces. La lumière vacilla. La main qui empoignait sa mère lâcha soudainement prise et entra dans le nuage lumineux qui se rétracta à moitié dans le puits. Un cri inhumain remplit la pièce.

Pendant un moment qui lui parut une éternité, le couvercle demeura en parfait équilibre. Puis, grâce aux efforts de Simon, il bascula du côté du puits qu'il recouvrit avec un choc sinistre.

Simon s'affala lourdement sur le couvercle. Épuisé et à demi-asphyxié, il sentit le couvercle qui tentait de se soulever sous lui. Paniqué, il cafouilla avec le loquet qu'il parvint à refermer de ses mains tremblantes. Une vibration menaçante enveloppa aussitôt toute la maison.

Dans la cave, les flammes gonflaient et la fumée âcre devenait plus dense. Simon se releva péniblement et fit quelques pas hésitants en direction de sa mère qui gisait toujours sur le sol. Il secoua la tête et regarda vers le puits. Incroyablement, le couvercle de métal se bombait, comme si une force immense poussait contre lui de l'intérieur.

Ils devaient sortir de là. Il prit sa mère dans ses bras et, la douleur de ses côtes le faisant défaillir à chaque pas, gravit l'escalier en flammes. Il atteignit le rez-de-chaussée et, en titubant, traversa la salle à manger et la cuisine remplies de fumée. Il ouvrit la porte du côté. À bout de forces, il perdit pied dans l'escalier de la galerie et s'effondra dans l'entrée, sa mère près de lui, inspirant goulûment l'air.

Chapitre XVIII

Sacrifice

SIMON gisait dans l'entrée, haletant et toussant. Une main se posa faiblement sur son bras. Il se retourna. Sa mère était allongée sur l'asphalte près de lui.

— Camille…, râla-t-elle d'une voix rendue rauque par la corde et la fumée. Grenier… Je n'ai pas pu…

Simon se figea. Dans sa terreur, il avait complètement oublié Camille. Par les fenêtres de la cuisine, il pouvait apercevoir les premières flammes qui s'étaient échappées de la cave. Il se releva, grimaçant de douleur, s'aidant du garde-fou de l'escalier.

— Simon ? fit une voix derrière lui.

Il se retourna. Fred se tenait près de sa mère, son *skate* sous le bras.

— Appelle les pompiers, vite ! Et prends soin de ma mère, ordonna Simon en s'élançant sans attendre dans la cuisine.

Sur le trottoir, de l'autre côté de la rue, un couple s'était arrêté. L'homme montrait la maison avec insistance. La femme fouilla nerveusement dans son sac à main et en sortit un téléphone portable. Elle composa un numéro, parla brièvement d'un ton urgent, puis l'éteignit. Le couple traversa la rue et accourut auprès d'Anne. La dame se pencha sur elle et tenta de la réconforter de son mieux. L'homme, lui, observait la maison, le visage défait.

– Seigneur…, murmura-t-il. J'espère qu'il n'y a personne d'autre là-dedans… Les pompiers vont arriver bientôt, tu crois ?

– Ils sont en route, répondit la dame.

– J'espère qu'il ne sera pas trop tard…

Fred s'élança dans la maison à la poursuite de Simon.

❁

Le rez-de-chaussée était devenu un véritable four. L'air brûlant et enfumé lui écorchait la gorge et les poumons. Les flammes léchaient les murs, consumaient les rideaux et le papier peint. Sans réfléchir, Simon fonça droit devant, traversa le salon et grimpa l'escalier quatre à quatre en toussant à se cracher les poumons. Il sentit ses longs cheveux roussir à mesure que les flammes les léchaient. Irrationnellement, il songea qu'il n'aurait pas à passer chez le coiffeur pour être prêt pour l'école…

À l'étage, la fumée était encore plus épaisse et l'aveuglait complètement. À tâtons, il longea les murs jusqu'à l'escalier qui menait au grenier et le gravit à toute vitesse. Au sommet, la trappe était fermée. La fumée n'avait peut-être pas encore pénétré jusque-là, songea-t-il, plein d'espoir. Il ouvrit la trappe et la rabattit avec

fracas. La fumée commença aussitôt à s'engouf-
frer dans le grenier.

Simon aperçut Camille recroquevillée dans
un coin, les yeux remplis de larmes qui venaient
sans doute autant de la terreur que de la fumée.
À côté d'elle gisait le gros couteau de cuisine.
Immaculé.

Simon s'approcha en titubant. Il n'y voyait
plus rien et toussait sans cesse. Il prit sa sœur
par le bras et tenta de la relever mais elle
demeura amorphe, complètement paralysée par
la terreur. Elle tremblait comme une feuille et
semblait en transe. Il s'accroupit, la prit dans
ses bras et tenta de se relever. Sa douleur aux
côtes le traversa comme une lance. Des lumières multicolores brillèrent devant ses yeux
et ses jambes perdirent toute consistance. Il
s'écroula lourdement sur le plancher. Autour
de lui, les flammes commençaient à paraître le
long des murs et dans le plafond. La maison
était complètement embrasée. Il toussait sans
cesse et n'arrivait plus à respirer. Il allait mourir
ici avec sa petite sœur, dans la « belle vieille
dame » de sa mère, qui n'avait été qu'un enfer
pour toute sa famille. Seule sa mère survivrait.
Et, pour elle, survivre sans ses enfants serait
pire que la mort.

Il s'allongea sur le sol. Il n'en pouvait plus.
Il abandonnait. Près de lui, Camille n'eut
aucune réaction.

— Simon !

À demi-conscient, Simon ouvrit les yeux.
Fred était là, près de lui. Son regard était rempli

d'une détermination, d'une force que Simon n'avait jamais vues auparavant.

— Viens, dit Fred. Il faut sortir d'ici avant qu'*Elle* ne revienne.

Elle ? songea confusément Simon. Dans un suprême effort, il se releva. À travers l'épaisse fumée, il vit Fred empoigner Camille par le bras et la relever, puis saisir sa main. Il remarqua à quel point celle de Fred était froide.

Ensemble, ils redescendirent l'escalier à l'aveuglette, guidés par la voix de Fred qui ouvrait le chemin. Lorsqu'ils parvinrent au rez-de-chaussée, le plancher du salon explosa. Simon et Camille furent projetés sur le sol. Par l'ouverture, la lumière du puits envahit la pièce, remplie de pulsations pleines de colère.

— Vite ! Il faut sortir ! s'écria Fred.

Simon secoua sa torpeur. Il empoigna Camille et recula vers la cuisine sans quitter la lumière des yeux. Il traversa la porte que Fred tenait ouverte et s'effondra dans l'escalier de la galerie. Tout devint noir.

Simon entrouvrit les yeux. La lumière intense l'aveugla et une atroce douleur lui vrilla le crâne. Il grimaça et fit mine de mettre une main devant ses yeux. Une nouvelle douleur, tout aussi vive, lui traversa le côté. Il referma les yeux et s'abandonna à l'immense fatigue qui enveloppait tout son corps.

– Simon ? demanda une voix familière près de lui.

Simon rouvrit les yeux, lentement cette fois. Il était couché dans un lit. Debout près de lui, deux formes floues se précisèrent. Anne et Camille. Sa mère avait un pansement autour du cou et le bras gauche en écharpe. Elles souriaient.

– Comment te sens-tu ? lui demanda-t-elle.

– Comme si un camion m'avait roulé sur le corps, répondit-il faiblement.

– Ne bouge pas trop. Tu as trois côtes fracturées et deux autres fêlées. En plus de coupures, de brûlures… Mais le médecin dit que, dans quelques semaines, tu ne sentiras plus rien. Ça fait quatre jours que tu dors.

Dans l'esprit de Simon, la brume se dissipait peu à peu.

– Mais comment… ? Qu'est-ce qui… ?

La mémoire lui revint tout d'un bloc. Sa mère pendue dans la cave. La chose qui avait émergé du puits. L'incendie. Camille dans le grenier. Fred. Il essaya brusquement de s'asseoir, mais la douleur le fit renoncer et il retomba lourdement sur le lit.

– Shhhhhhh, fit doucement sa mère en lui caressant le visage avec tendresse. Tout va bien. Je vais m'en remettre et Camille n'a rien du tout. Grâce à toi, dit Anne en caressant ce qui lui restait de cheveux. Tu as été très courageux, mon grand.

Camille s'approcha du lit à son tour. Elle avait l'air en pleine forme et lui fit son plus beau sourire.

– Salut, Coquerelle, dit Simon. Tu n'as rien ?

– Non. Mais j'ai perdu Chocolat et Bertrand, répondit Camille, les yeux remplis de larmes.

Ne sachant que dire, Simon regarda gravement sa mère droit dans les yeux.

– Qu'est-ce qui s'est passé exactement ?

– Je ne me souviens pratiquement de rien. Le médecin dit que c'est une amnésie causée par le traumatisme. Il paraît que je ne me rappellerai peut-être jamais ce dernier mois.

– La maison…

– Les inspecteurs de la compagnie d'assurances ont déterminé que le feu avait débuté dans la cave mais pour le reste, ils n'ont que des conjectures.

– Mais le puits… La chose qui s'en échappait…

– Selon eux, il est possible que le vieux puits ait communiqué avec une faille dans le roc et que des gaz inflammables s'en soient échappé. Et puis… boum. Tu connais le résultat.

– Mais la chose, la lumière, là… Elle avait une main qui te tirait vers le puits. Et il y avait un visage dedans…

– Hmmm… On dirait que les somnifères que le médecin t'a donnés ont produit des rêves intéressants…

Simon regarda sa mère, incrédule, et désigna de la tête le bandage quelle portait au cou.

– Mais maman… je t'ai trouvée pendue dans la cave… Au-dessus du puits.

230

Anne releva un sourcil et toucha inconsciemment du bout des doigts le bandage.

— Ça? C'est arrivé lors de l'explosion.

— Qu'est-ce que tu faisais dans la cave, d'abord?

— Le lavage… je crois, répondit Anne, le regard absent. Je ne m'en souviens pas. Remarque, je ne tiens pas vraiment à m'en souvenir.

Simon était confus.

— Et Fred? Elle n'a rien?

— Fred? rétorqua sa mère, interdite.

— C'est elle qui nous a sortis de l'incendie, Camille et moi.

Anne le regarda un instant, hésitante.

— Je ne me souviens de rien, Simon. J'étais inconsciente. Heureusement, un couple passait sur le trottoir. Ce sont eux qui ont alerté les pompiers et qui m'ont éloignée de la maison. Ils t'ont vu sortir avec Camille. Ils vous ont transportés plus loin avant que la maison s'écroule. La dame t'a même fait le bouche-à-bouche pour te ranimer. Sans eux, vous seriez peut-être tous les deux sous les décombres aujourd'hui. Mais personne n'a mentionné une troisième personne…

— Ben voyons…, s'entêta Simon. Ça se peut pas. Elle était là…

— Je crois que tu as rêvé tout ça, mon grand, dit Anne en l'embrassant tendrement sur la joue. Je n'ose même pas imaginer le stress que tu as pu subir en sauvant la vie de ta mère et celle de ta petite sœur. Et puis, tu es bourré d'analgésiques. Pas étonnant que ta tête te joue des tours. Allez. Repose-toi. Le docteur va passer te voir tantôt pour s'assurer que tout va bien.

Elle prit Camille par l'épaule et fit mine de se retourner vers la porte. Camille se dégagea, se pencha sur son frère et l'embrassa. La bouche collée contre son oreille, elle chuchota.

— Je l'ai vue, moi, Fred.

Épilogue

UNE SEMAINE plus tard, Simon sortit de
l'hôpital. Sa mère et sa sœur étaient
venues le chercher, toutes souriantes. Elles
avaient quitté le matin même la chambre
d'hôtel qu'elles habitaient depuis l'incendie.
Les quelques valises, remplies de vêtements
qu'Anne avait achetés pour remplacer ceux qui
avaient été détruits, étaient dans la voiture. La
compagnie d'assurances avait été très coopé-
rative et le règlement s'était fait sans difficulté.
Bientôt, elle aurait en mains le chèque de rem-
boursement et pourrait acheter une nouvelle
maison dans un village voisin. En attendant,
Anne avait trouvé un petit chalet absolument
adorable sur le bord du lac. Il ne restait qu'à s'y
installer pour passer calmement le mois d'août à
se remettre des événements.

Simon avait insisté pour voir la maison. Toute
la famille se tenait maintenant dans l'entrée, près
des décombres. Il ne restait pratiquement plus
rien. Seule la grange avait été épargnée, et Anne
la regardait en songeant avec lassitude que tout
ce qu'elle possédait encore s'y trouvait et qu'il
faudrait venir la vider au plus vite.

Simon se détacha de sa mère et de sa sœur et se dirigea vers la grange. À l'intérieur, il aperçut son *skate* et, l'espace d'un moment, le souvenir de Fred remonta en lui avec une force presque douloureuse. Personne n'avait voulu le croire… Il se pencha pour ramasser son *skate* en ménageant ses côtes endolories lorsqu'un miaulement retentit du fond du bâtiment. Simon se redressa aussitôt.

– Choco?

La queue droite, miaulant bruyamment pour manifester son bonheur, Chocolat, tout sale et un peu amaigri, émergea de derrière les boîtes que personne n'avait eu le temps de vider. Il accourut vers Simon, qui le prit dans ses bras.

– Coquerelle! s'écria-t-il en sortant de la grange. Regarde qui j'ai trouvé!

Camille et Anne se précipitèrent vers le siamois et l'étouffèrent presque sous leurs caresses et leurs baisers. En retrait, Simon les observait, satisfait. Tout à coup, quelque chose attira son attention sur le trottoir, en face de ce qui avait brièvement été sa maison.

Fred. Un pied appuyé négligemment sur son *skate*, les mains sur les hanches, elle le regardait. Elle était vêtue de blanc et souriait. Elle l'appela de la main.

Simon se dirigea rapidement dans la grange, prit son *skate* et, avant que sa mère ne puisse protester, s'élança vers la rue. Sans l'attendre, Fred se mit en route, Simon à sa poursuite. Comme avant, ils zigzaguèrent entre les passants et les obstacles sur la rue Principale, Fred distançant aisément son ami. Elle s'arrêta devant la petite église blanche que Simon n'avait jamais vraiment remarquée. Juste avant qu'il ne la rattrape, elle ramassa son *skate* et s'engagea à pied dans un petit sentier qui menait derrière l'église. Simon la suivit.

Il fut surpris de constater qu'il se trouvait dans un petit cimetière rempli de pierres tombales de toutes les époques. Au milieu du cimetière, il aperçut le grand-père de Fred, agenouillé, un bouquet de fleurs à la main.

— Va lui parler, dit la voix de Fred. Ça lui fera du bien.

Simon se retourna. Elle se tenait à quelques mètres derrière lui, un sourire à la fois triste et serein sur le visage. Elle se mit en marche en direction de son grand-père, entraînant Simon dans sa foulée.

— C'est quoi, la joke? demanda Simon.

— Tu comprendras…, dit Fred.

— Bon… Tu m'attends?

— Non, dit Fred en souriant. Je dois partir, maintenant.

Le crissement du gazon derrière lui fit sursauter le vieil homme. Il regarda tristement Simon.

— Elle est morte devant chez toi, tu sais… Elle traversait la rue. Le chauffeur du camion n'a pas pu l'éviter. Il dit qu'elle était plantée là, immobile. Je ne comprendrai jamais ce qui s'est passé. Deux ans déjà et je n'arrive pas à m'en remettre. Elle était tout ce que j'avais. Elle est pas facile à oublier, ma Frédérique… Elle m'appelait *Gramps*…

Simon opina de la tête, la gorge nouée.

– Je sais… Je ne l'oublierai jamais moi non plus…

Sur la pierre tombale qui se trouvait devant M. Deslauriers, une inscription :

Frédérique Deslauriers
1988-2003

Sous les décombres de la maison, *Elle* attendait. Tôt ou tard, le passage serait à nouveau ouvert. D'autres proies viendraient. Elles finissaient toujours par venir. *Elle* était patiente. *Elle* avait l'éternité devant elle…

Table

Réalisation des Éditions Vents d'Ouest (1993) inc.
Gatineau
Impression : Imprimerie Gauvin ltée
Gatineau

Achevé d'imprimer en juillet
deux mille seize

Imprimé au Canada